樅陽文化叢書

樅陽

枞阳文化丛书

“枞阳文化丛书”编委会编 | 丛书主编 钱叶全

枞阳诗选

本册主编 陈靖

合肥工业大学出版社

枞阳要大力加强文化建设，坚持打好文化资源牌，充分发挥名人效应，增强文化自信，将文化底蕴和名人资源转变为发展优势，推动文化大县向文化强县跨越，促进枞阳经济社会全面进步。

切实做到“三个坚持”，一要坚持以人民为中心的创作导向，深入挖掘枞阳文化时代内涵，提升方苞文学奖、朱光潜艺术奖影响力，丰富文化产品供给。二要坚持大力发展文化产业，推动文化与旅游、科技等融合发展，建成一批重大文化产业项目。三要坚持发掘提炼“枞阳精神”，增强全县人民文化素养和文化自觉，努力建设文化强县。

——选摘自中共铜陵市委常委、枞阳县委书记刘亚东在首届“方苞文学奖朱光潜艺术奖”颁奖会议上的讲话

序

做好枞阳文化创新的时代课题

罗成圣

文化是一个地区的特质和灵魂。枞阳地处吴头楚尾，滨江怀湖，有着五千多年文明史、三千多年建城史、两千多年建县史，独特的区位和悠久的历史，形成了具有枞阳特色的地域文明和文化精神。

枞阳自古就是钟灵毓秀之地，教育发达，人文荟萃，名人辈出，在“安徽百位历史文化名人”中占据11位；先后涌现出“铁骨御史”左光斗，百科全书式的大师方以智，桐城派代表人物方苞、刘大櫆、姚鼐，以及中国农工民主党主席章伯钧，将军、外交家、艺术家黄镇，中国“计算机之父”慈云桂，著名美学家、中国现代美学奠基人朱光潜，“一代大哲”方东美等一批风流人物。当代杰出人物层出不穷，以“两院”院士汪旭光、陆大道、丁汉、王福生等为代表，分布在世界各地的枞阳才俊如大江潮涌，竞展风流。

枞阳是桐城派的发源地，桐城派的代表人物及后起之秀大多生长在这块土地上。他们师徒相传，著书立说，学术宏富，形成了庞大的作家和学术群体，蔚成“何意高文归一县，遂令天下号宗师”的文化奇观。桐城派从枞阳走向全国，影响清代文坛两百余年，南极湘桂，北被燕赵，享有“文章甲天下，冠盖满京华”的盛誉，成为中国文学史上历时最长、参加人数最多、影响最大的文派。

枞阳既是历史悠久的文化大县，又是经济快速发展的新兴地区。枞阳雄踞八百里皖江之中，位居合肥、铜陵、安庆、池州四市之间，“一带一群四区”六大国家战略叠加效应明显，区划调整后经济社会建设得到市委、市政府“五个优先”支持，已经迎来新一轮的大发展、快发展。“十三五”时期，县委、县政府将团结带领全县人民，努力把枞阳建设成为世界铜都江北副中心、合肥都市圈通江达海重要门户、长江经济带重要区域节点、现代旅游休闲养生度假重要基地。

文化包含着兼容、开放和创新。面临枞阳“十三五”发展的大开放格局，枞阳文化迎来了继承弘扬、熔旧铸新的时代课题。如何继承弘扬枞阳优秀传统文化，如何把枞阳的文化名片做大做亮，需要全球视野，需要大开放的战略，需要海纳百川的胸襟，需要枞阳时代文化的吐故纳新。毫无疑问，这需要在历史文化的根基上形成一系列创新文化体系，包括加快现代公共文化服务体系建设，实施一批文化惠民工程，提升公共文化服务供给能力；坚持以人民为中心的创作导向，深入挖掘枞阳文化的时代内涵，提升方苞文学奖、朱光潜艺术奖的影响力，丰富文化产品供给；大力发展文化产业，推动文化与旅游、科技等融合发展，建成一批重大文化产业项目；大力弘扬社会主义核心价值观，发掘提炼“枞阳精神”，增强全县人民文化素养和文化自觉，努力建设“文化强县”等。创新是枞阳文化的灵魂。只有不断创新，才能保证枞阳文化的生生不息，才能将文化优势转变为枞阳的发展优势。

正是在这样的背景下，“枞阳文化丛书”第一次较为系统地梳理出枞阳历史名人、古代诗文选、当代文学及剧本、民俗风情和非物质文化遗产等精粹。这套丛书的出版，既是枞阳文化建设的一大成果，又是继承和发扬枞阳优秀传统文化的重要媒介。希望更多的有识之士参与到发掘、研究和弘扬枞阳文化的行动中来，续写无愧于先贤、无愧于时代、无愧于后世的文化新篇。也希望“枞阳文化丛书”作为一个文化创新品牌，在彰显枞阳文化自信、发展自信上，形成文化创新系列和出版系列，坚持不懈地锻造文化佳作，输出精品力作，传播正能量，引导大潮流，展示枞阳文化永恒的魅力。

枞川文明生生不息，枞阳精神薪火相传。感谢枞阳大地，感谢枞阳人民，让我们共同仰望这片土地上的灿烂星空。

（作者系枞阳县人民政府县长，“枞阳文化丛书”编委会主任）

编选凡例

一、枞阳本汉县，唐以后为桐城一镇，1949 年后与桐城分治。枞阳夙称诗歌窟宅，作者众多，诗作繁富。本集仅选三百题，略见枞阳五百年间（自明代永乐以后至公元 1949 年以前）诗学嬗变之脉络。

二、本集参考王灼《枞阳诗选》、张国雄张五鹏合编《续枞阳诗选》两书选录。其所未录者，则依潘江《龙眠风雅》正续编、徐璈《桐旧集》选入。因历史原因，尚有上述选本中未收录者（如阮大铖、方孝标、方东美等），参考其个人专集选入。

三、本集所有诗作者，皆依据地方史料，详考其家族里贯及作者居地，不属于今枞阳县域者不选。

四、本集仿《枞阳诗选》体例，以五古、七古、五律、七律、五绝、七绝为序排列。

五、本集所选，参考多种版本，择其优者为准。间有墨丁或脱字，以□号标出，以存原貌，不出校记。

六、本集作者，以生年先后为序，生年不详者，酌计其时间先后编排。

七、本集附录三种，酌选客籍作者、词及 1949 年以后部分县人之作品。附录作者已见于前者，不复另作小传。

目　录

盛斯唐

方以智

方文

唐雨梅

光明甫

附录一 客籍

附录三　现当代诗选

姚 旭

姚旭（1417—1486），字景旸，别号了心子。麻溪姚氏，世居麻溪（今枞阳县钱桥镇）。明景泰辛未进士，授刑科给事中。天顺初，因与御史争座次，谪郑州判，后朝议从其争。成化初擢南安知府，有惠政。秩满，擢云南右参政告归。著有《菊潭集》。

仆 射 陂

名陂如练净无波，倒浸青天一镜磨。
两岸绿茵芳草合，满川红锦藕花多。
沙边日暖眠鸥艇，水底春晴掷鲤梭。
仆射想应蒙赐后，画船尊酒日相过。

方　向

方向（1456—1508），字与义。桂林方氏，祖居桐城凤仪坊，迁居赤城（今枞阳县义津镇赤城寺旁）。明成化辛丑进士，授南京户科给事中。弘治初，弹劾大宦官陈祖生，遭迫害，谪多罗驿丞，直声动天下。生平视利如污秽，视官如草芥。再起擢知湖广安陆州，移守琼州。著有《素亭集》。

山中杂咏

薄云不成雨，山月有馀白。
月光堕尊酒，照我衰颜色。
旧交日已远，芳时坐来歇。
惆怅平生怀，今夕竟何夕？

夜坐感怀

小坐傍疏棂，凄然百感生。
乡山千里月，砧杵万家声。
四壁寒虫切，一灯深夜明。
沉吟不成寐，静数短长更。

齐之鸾

齐之鸾（1483—1534），字瑞卿，号蓉川。查林齐氏，原姓徐，先世由濠州迁居查林（今枞阳县雨坛乡）。明正德六年进士，改翰林院庶吉士，授刑科给事中。数次上疏，言人所不敢言。谪崇德县丞，升提学副使，终河南按察使。著有《蓉川集》等。

浦口晓行

三五星，短长亭。
日光烹海赤，山色饮江青。
野烧林边人臂斧，秋涛雾里客扬舲。

邠州晓发

残月征人早，州城奥窔间。
呼船渡泾水，立马望豳山。
禾黍高低垄，烟云远近关。
谁能渠白石，种稻浊泥湾？

将至茌平

长途秋暮马骓骓，风起尘高雉堞微。
蝉到夕阳声更急，树经寒露叶初飞。
正闻老母平安信，兼喜中丞克捷威。
扬策不知行色倦，欲沽村酿解征衣。

赵钺

赵钺（1512—?），字子举，一字鼎卿，号柱野，别号瓠园丈人。桐陂赵氏，世居东乡牛头山（今枞阳县陈瑶湖镇）。明嘉靖十九年解元，二十三年成进士，累官佥都御史、贵州巡抚等。居官喜讲学化民，雅谈不倦，任御史疏陈民间疾苦，在贵州教民种植水稻。晚归筑宜秘洞，会多士衍良知之学。诗文清逸俊爽，谈理无障。著有《无闻堂稿》等。

种竹

拟返长林制箨冠，一纶占尽白鸥滩。
呼儿早种筼筜竹，莫向山僧乞钓竿。

姚希颜

姚希颜（1535—1593），字崇孔，号克斋。麻溪姚氏。邑廪生，十一岁入学，盛有文名。兄弟析父产，独不取，授徒以自给。与方学渐等讲学里中，时称儒者。

层　　楼

广寒世界夜迢迢，醉拍阑干酒易消。
河汉入楼天不夜，江风吹月海初潮。
影摇翠幕金莲炬，梦断凉云碧玉箫。
休唱齐梁旧时曲，六朝宫殿草萧萧。

方学渐

方学渐（1540—1615），字达卿，号本庵。桂林方氏，世居白鹚（今枞阳县义津镇义西村新庄）。明万历间岁贡生，以布衣振风教，为诸生祭酒二十馀年。领岁荐，弃去，专事讲学。晚游东林，与顾宪成、高攀龙倡明正学，学者推为东南帜志。著有《迩训》《桐彝》《心学宗》《东游记》等。

白云岩

磴道斜飞瀑，岩花半入云。
望中孤鸟没，天外一江分。
竹柏山楼色，旃檀石鼎熏。
轩然长啸发，清兴好谁闻？

东征

朝鲜海外作东藩，长护辽城绝寇源。
岂谓凭陵愁日本，至勤师旅出中原。
千艘铠甲冲鼋浪，万里旌旗散蚁屯。
闻说釜山新筑垒，控弦未许息辕门。

阮自华

阮自华（1562—1637），字坚之，号澹宇。㓦山阮氏，世居㓦山（今枞阳县㓦山镇），后移居府城怀宁。明万历戊戌进士，除福州推官，历户部郎中，出庆阳知府，再补邵武。居官不视吏事，好跌宕纵饮。尝大会词客于凌霄台，推屠长卿为祭酒，丝管交作，列炬熏天。后为人所纠弹，罢归。著有《雾灵集》。

乌栖曲

霞帔云髻迎风立，柏梁台高月如璧。
上阳花枝笑早春，瑶林琼树避玉人。

行路难

春林初花时，百鸟鸣喈喈。
长梧离披月惨淡，但见飞雀走空岩。
山有木兮木有枝，人心匪石安可移。
门施翟网无一雀，庭著韩炉皆死灰。
功名在手心护惜，防检畏慎惊蛇杯。
西家思妇夜捣砧，扬情激怨谁忍听？
泻水地中终到海，男儿能得几回情？

吴应宾

吴应宾（1565—1634），字客卿，一字尚之，号观我。麻溪吴氏，世居麻溪（今枞阳县钱桥镇）。明万历十四年进士，官至翰林院编修。以眼疾告归，居乡四十载，从事著作，恢复浮山佛教道场。吴应宾论学主儒、佛、道三教合一，对方以智影响尤大。著有《大学圣论》《中庸释论》《性善解》《悟真篇》《学易斋集》《宗一圣论》等。

李公麟

居士龙眠图，丹青妙天下。
尽道画如真，不知真亦画。
有时寂住峰，侧耳浮山话。
谁云履半穿？天游卧清暇。

何如宠

何如宠（1569—1642），字康侯，号芝岳。青山何氏，世居青山（今枞阳县枞阳镇大青山村），晚年移家金陵。明万历二十六年进士，由翰林院庶吉士历官庶子。天启时拜礼部右侍郎，辞不赴任。魏广微恶何如宠与左光斗同里友善，疏劾遭夺职闲居。崇祯元年起礼部尚书。冬，拜武英殿大学士；四年春，乞休。赠太傅，卒谥文端。有《后乐堂集》等。

自寿（选二）

待漏曾惊绛帻鸡，今看朝旭梦还迷。
人谁再相阿司马？古有良朋算稚圭。
开阁已难三握发，下堂犹可一扶藜。
自非主眷容坚卧，能免钟鸣受品题？

黄龙枉自说三关，白鹤何须炼九还？
醉客岂真千日醉？闲人难到十分闲。
清溪水满长摇艇，红雨春深一看山。
时至便行无不可，几能尘世驻朱颜？

左光斗

左光斗（1575—1625），字共之，号浮丘。左宕左氏，世居东乡左家宕，后迁大朱庄（今枞阳县横埠镇横山村）。明万历三十五年进士，授御史。巡视中城，捕治吏部豪恶吏，获假印七十馀、假官一百馀人。出理屯田，兴水利。时光宗崩，李选侍据乾清宫。光斗与杨涟协同建议，排阉党，史称“移宫案”。天启元年，拜左佥都御史，疏劾阉党，遭斥逐。天启五年，魏忠贤诬以受贿，逮赴诏狱，受酷刑死。崇祯即位，赠右副都御史，后再赠太子少保，谥“忠毅”。遗著有《左忠毅公集》。

过　浮　山

五载浮山路，经过复此隈。
芙蓉当面出，岛屿泛潮来。
丘壑吾将老，风尘尔故催。
最怜秋色远，行矣首重回。

雪霁道中口号

出郭舒新望，搴帷对夕晖。

湿云留野树，晴雪照宵衣。
寒力催梅发，春情入草微。
故山有茅屋，镇日未开扉。

畿北道中士民攀槛车持金钱相赠诗以谢之

车指燕山道，徘徊感故人。
相逢莫下泪，何事尚攀轮？
生死成今古，风雷任鬼神。
一钱从未敢，幸不愧焚身。

方大铉

方大铉（1564—1618），字君节，号玉峡。桂林方氏，方学渐次子。世居白𬇕（今枞阳县义津镇），后筑别业于桐城龙眠山。明万历癸丑进士，授刑部主事，改户部主事。著有《寨兰馆集》。

投 子 山

蹬险凭童仆，松横挂绤衣。
江湖绝顶尽，城郭下方微。
泉闷珠襦饰，山空宝树晖。
赵州桥底水，日夜咽巉矶。

泊 牛 渚

江上秋风夕，芦边独客舟。
雨樯栖断港，野火射寒流。
酾酒怀高咏，宫袍忆壮游。
夜深云雾散，白月满沧洲。

方大任

方大任（1565—1634），字玉成，号赤城。桂林方氏，世居赤城（今枞阳县义津镇赤城寺旁）。明万历四十四年进士，任元城知县。以廉明公正，拜监察御史。因疏劾魏忠贤生圹逾制，遭削籍。崇祯元年复官，升都御史，出巡山海关。二年巡抚顺天，出守通州，后以病归。著有《霞起楼集》等。

同君静君节两兄游胡水部庄

一径寻来水石居，沙平草浅步徐徐。
何须问主方看竹，倘许为邻好借书。
小舫横陂闲系缆，长溪送瀑自通渠。
如何作客天涯去，忘却家山画不如。

姚 康

姚康（1578—1653），原名士晋，字康伯，号休那。白苓姚氏，世居白苓涧（今枞阳县会宫镇）。明万历末诸生，才识卓异，为同里何如宠所重，延入幕。崇祯十三年荐贤良方正，辞不赴。后为史可法记室，不久辞归。明亡后隐居黄公山下竺隐庵，抑郁悲伤，作《忍死录》纪其先世事。姚康专精经史，肆力于诗古文辞。著有《太白剑》《货殖传评》等。

清明后至弟墓

地下今安否？人间竟有斯。
更无天可问，只有死堪祈。
急难怀兄弟，飘零感岁时。
清明寒食事，自此或愆期。

答何令远

白头无可副春妍，痛饮清言总病缘。
人事盈虚如置闰，文心甘苦自因年。
相看东野投金濑，为忆西昆暖玉田。

枕上得承诗句好，长门幽恨亦嫣然。

渔　父

篮里无鱼欠酒钱，酒家门外系渔船。
徘徊欲把蓑衣当，又恐明朝是雨天。

方维仪

方维仪（1585—1668），字仲贤。桂林方氏，方学渐孙女。父方大镇迁居浮山在陆山庄（今枞阳县浮山镇陆庄）。幼承家学，年十八而寡，守志“清芬阁”，潜心诗画，结“名媛诗社”，教侄方以智。博学多才，所作一洗铅华，归于质直。画法李公麟，王士祯称为“妙品”，其书得卫夫人遗法。著有《宫闱诗史》《清芬阁集》等。

死别离

昔闻生别离，不言死别离。
无论生与死，我独身当之。
北风吹枯桑，日夜为我悲。
上视苍浪天，下无黄口儿。
人生不如死，父母泣相持。
黄鸟各东西，秋草亦参差。
余生何所为？余死何所为？
白日有如此，我心自当知。

出塞

辞家万里戍，关路隔风烟。

赋重无馀饷，边荒不种田。
小兵知有死，贪吏尚求钱。
全赖君王福，何时唱凯旋？

旅夜闻寇

蟋蟀吟秋户，凉风起暮山。
衰年逢世乱，故国几时还？
盗贼侵南甸，军书下北关。
生民涂炭尽，积雪染刀镮。

独归故阁思母

故里何须问？干戈扰不休。
家贫空作计，赋重更添愁。
远树苍山古，荒田白水秋。
萧条离膝下，欲望泪先流。

阮大铖

阮大铖（1587—1646），字集之，号圆海、石巢。𪩘山阮氏，世居𪩘山（今枞阳县𪩘山镇），后移居府城怀宁。明万历四十四年进士，官至兵部尚书兼右副都御史。曾组织中江社、群社，因与东林、复社有怨，名入“逆案”，《明史》将其归于“奸臣”之列。大铖善诗词，长于传奇度曲。创办阮氏家班，演自己编著的传奇剧，声色之妙，倾动一时。创作《春灯谜》《双金榜》《燕子笺》等剧本，著有《咏怀堂诗集》等。

郊居杂兴

野绿何茫茫，莫辨行人路。
我居向山曲，草树复纠互。
辟谷耻未能，炊烟时一露。
遂引同心来，琴书屏情愫。
恻视城市间，攘攘顿成误。
绿香蒲水壮，清吹松风骛。
于此话桑麻，坐阅春山暮。
夷犹讵忍分？茗糜聊已具。

看杏花宿瑕仲山馆微雨

鸡鸣杏花中，识君深隐处。
山青与托邻，草碧自成路。
炊烟亦何闲，小酌就花树。
辨叶敛傍眺，因香纵恬步。
湖风弄微寒，果兆夜来雨。
萧萧春竹鸣，高馆更成趣。
移灯谙山窗，兹游吾已屡。
留兴及三秋，天香饮华露。

摄山东峰石上坐月

竹路亦何白，凉月灿东岭。
客心感佳夕，游咏孰能屏。
危步历禽上，清言满松听。
泉幽滴春脉，林贞抱秋影。
澄鲜入何际，空明转遗境。
微风拂露花，石上苔弥净。
身心化寒碧，沉冥不知省。
赖闻霜下钟，山萝动微警。

宿石巢晨起

山梦自难繁，岚翠警空想。
即此寓觉因，矧复风泉响。
嗷嗷闻清猿，流音动云莽。
始悟夜来身，卧此千峰上。
展转至高旭，岩户纳虚朗。
草露气象浮，为疑碧岑长。

宿焦山双峰庵月下闻潮

琴樽憺然夕，林卧遂忘还。
山鬼或同梦，世人无此闲。
遥岑导钟路，素月紊霜颜。
此际闻潮响，谁能静掩关。

方孔炤

方孔炤（1590—1655），原名若海，字潜夫，号仁植，方以智之父。桂林方氏，祖居白㙟，父方大镇始迁浮山（今枞阳县浮山镇陆庄）。明万历四十四年进士，授嘉定知州，调福宁知州，内升兵部员外，晋职方司郎中。魏忠贤欲封其侄魏良卿为伯，坚不覆，遭削职。归家，定桐城民变。崇祯元年，升尚宝卿，以右佥都御史巡抚湖广，剿匪中八战八捷。后忤杨嗣昌，以兵败下狱。嗣昌死，以左佥都御史总理河北山东等处屯田事务，未赴任而明亡，遂隐居不出。著有《周易时论》《全边纪略》《环中堂集》等。

井　中　铁

崇祯末，吴门浚井，得郑所南书。

连江铁函书似漆，吴门浚井一旦出。
沉埋一十三万日，琼鬼嘶叫风雨溢。
男儿之血本不死，蛟龙蟠护千年纸。
鷫鷞场中羽变徵，咸淳泪激三江底。
泪无端，江且干。防江不难防心难。
丸泥难塞圆通关，天使井水浇人间。

至今首阳山，不生周草木，
此语歌之古今哭。

毗阁同曾二云作

新亭白袷泪双流，万斛风烟一佛楼。
钟鼎有图皆魍魉，衣冠无地不蜉蝣。
人情争刻三年楮，吾道尝披五月裘。
看破金身亦刍狗，传真惟在蓼花洲。

吴令仪

吴令仪（1593—1622），字棣倩。麻溪吴氏，吴应宾女，嫁同里方孔炤。方以智之母。

江上久泊

三暮三朝下峡愁，解维还系楚江头。
乡关有路应须到，只恐明年又远游。

方维则

方维则，桂林方氏，方大铉女。嫁诸生吴绍忠，年十六而寡，守节，寿八十四。著有《茂松阁集》。

题 竹

小院何空寂，相依独此君。
雪深愁易折，风急不堪闻。
白石移花影，青苔拥箨文。
楼头明月上，空翠落纷纷。

方拱乾

方拱乾（1596—1666），原名若策，字肃之，号坦庵，晚更号甦庵。桂林方氏，世居高庄（今枞阳县义津镇高升村），寓居金陵。崇祯元年进士，改翰林院庶吉士，官左谕德兼侍读。入清，官少詹事。顺治年间，因江南科场案坐流宁古塔。久居边塞，著述不辍，著有《宁古塔志》《绝域纪略》等。六子：玄成、亨咸、育盛、膏茂、章钺、奕箴，皆卓然有成。

驱 雀

雀莫啄我蔬，我蔬种已迟。
老贫事事钝，辛勤还后时。
聊用悦衰眸，宁独疗长饥？
甲坼才如豆，不及邻家肥。
肥蔬啄甚饱，瘦蔬啄成泥。
饥我不饱汝，两伤将安为？
欲驱不忍击，短竿护疏篱。
我蔬肥有日，除竿任汝飞。
听汝嗷嗷音，生事同我微。

逻卒叹

西湖自古无明月，钱塘门鼓黄昏发。
士女齐抛箫管船，冰壶冷浸湖光歇。
近来新添骑马兵，湖烟未黑断人行。
土音全学满洲字，金丸乱射凫鸭惊。
瞩目湖边三里寺，豺狼昼号狐狸睡。
上坟笾豆遭擒烹，杖藜敢理游人事？
富家有租收不得，田夫捉主卖送贼。
五金十金百千金，赎归还恐官司识。
高树栅门防贼走，贼反锁门置人守。
前宵桥东杀牛儿，昨夜溪边卖米叟。
城中有兵雄且都，贼去山中兵在衢。
煌煌铁马四十骑，缚得倡家两博徒。

将别宁古塔书壁

莫言万里无人境，兀兀三年认作家。
瓮牖光微闲画字，菜畦土润手栽花。
听残北屋嘶风马，数尽南云落暮鸦。
宋玉宅同王粲井，长留名姓在天涯。

周　岐

周岐（1607—?），原名基，字农父，号需庵，晚号土室。鹞石周氏，世居东乡周家潭（今枞阳县周潭镇）。诸生，少与方文、方以智、钱澄之、吴道凝为友。崇祯十七年应诏入京，上书宰相，言时政得失。后参军务，以功授开封府推官，复以按佥事衔赞史可法军务。明亡后谢病归，筑土室于故里以终。著有《烬馀稿》等。

官　兵　行

贼近苦贼来，贼至恐贼去。
贼来避有时，贼去官兵住。
官兵畏贼如虎狼，但行贼后势莫当。
鸣钲击鼓入村里，马索刍豆人索粮。
不择鸡与豚，更驱牛与羊。
倾仓倒瓮恣搜括，排墙堕壁掘馀藏。
官兵得物喜，民家失物悲。
语君且勿悲，官兵醉后难支持。
东家少妇已被污，西家儿女终夜啼。
但得饱掠速飏去，犹能老弱共餔糜。
一旦贼兵去已远，官兵夜起催朝饭。

大车橐重小车盈，路捕行人递输挽。
行至前村计复生，竟指乡屯为贼营。
丁男杀尽丁女掳，扬旌奏凯唱功成。
君不见贼去人归犹爨食，官兵所过生荆棘。
痛哉良民至死不为非，无如官兵势逼民为贼。

纪 事

鸡犬无声北斗斜，但闻中夜乱啼鸦。
丁男高下埋新冢，子女流离说故家。
白昼逢人疑鬼魅，阴风吹木尽边笳。
初归何必千年鹤？城郭皆非卷暮沙。

盛斯唐

盛斯唐（1608—1668），字集陶，号雪坡。皖桐盛氏，盛世翼孙，世居北盛庄（今枞阳县义津镇北圣村）。崇祯间处士。

春日怀无可大师

风波一去黯魂消，云水归来行脚遥。
家寄青山辞故里，寺依黄叶住前朝。
梅花笛里香传磬，桃叶樽前饮滞瓢。
记得客中同载酒，至今杨柳带春潮。

方以智

方以智（1611—1671），字密之，号曼公、浮山愚者等，明亡后为僧，法名弘智、无可。桂林方氏，祖居浮山。崇祯十三年进士，选庶吉士，授翰林院检讨。明亡后流离岭表，绝意仕进。后披缁为僧，发愤著述。以智生当时局动荡之际，个人际遇十分坎坷。晚遭患难，卒于江西万安。以智少通经史，博极群书，自天人礼乐、象数名物以及律历医药、声音文字、书画卜算，靡不精研。生平著书数百万言，多遭禁毁，以《东西均》《通雅》《物理小识》《药地炮庄》等最为著名。所著闳通赅博，驱使古今，奇正因创，各极其至。以公因反因探宇宙本原，以质测通几析汉宋学理。儒释同归，中边皆到，为明清之际学究天人的一代大德通儒。

钓 台 作

钓台何嶙峋？
当时必有百尺钓竿千丈纶，乃可垂钓桐江滨。
祠堂草木岁时新，子孙上食皆不贫。
先生无行事，先生不著书，但能不肯为人臣。
今人不能弃富贵，乃以藏拙讥古人。
我亦停舟暂钓桐江水，桐江千年清如此。
嗟乎！不得故人为天子，至今没没无闻矣。

估客苦

乐府有《估客乐》，变为《估客苦》，述所见也。

昔言估客乐，今言估客苦。
昨夜泊舟枫林下，左右舳舻尽商贾。
见彼哽咽当风餐，为言作客江湖难。
江湖近年多盗贼，布衣夜脱安可得？
征贱鬻贵虽不贫，风波万里真苦辛。
更逢当关多暴吏，欲浚锱铢加重罪。
可怜曛黑不开关，苦人巨浪危矶间，
恨不载金长安买都尉，
等闲见汝一官何足贵！

牛角饮

一牛角，两牛角。
满斟四五壶，双手不能握。
苗儿各唱四声歌，笑我江南不能学。

看月

一片钟山月，那从岭外看？
昔尝临北阙，今独照南冠。

万里天难指，三更影易寒。
梦中儿女路，莫忆旧长安。

独　往

同伴都分手，麻鞋独入林。
一年五变姓，十字九椎心。
听惯干戈信，愁因风雨深。
死生容易事，所痛为知音。

告哀诗七首（选四）

守陴神策乱纷营①，枢密雍容禁请缨②。
东观士犹朝试阁③，北衙军已夜开城④。
攀髯竟抱龙湖痛，啮臂虚传骆谷行⑤。
金紫貂蝉何处哭？小臣血伴鹂乌声。

原注：

①时尽用内官守城。

②大司马疏请禁诸言兵事者。

③三月十五轮次，毂城欲罢之，而纶扉中自谦，故仍举故事，庶常有痛骂不入试者。

④十九早，纷传内丁开门。

⑤先传圣驾以犒师出城，后二日，梓宫乃在东华门。

宫中切齿恨朝班，纳陛簪缨总厚颜[①]。
谁任虎闱当国事？幸留龙种在民间[②]。
阳瘖尚恐搜穷巷，潜窜何因出武关？
可叹戚臣倡议者，阖门一炬自投环[③]。

原注：

①先帝决迁守及出东宫监南都计，而宰相无一言应者，故退宫痛恨。

②十七日，召新乐侯刘文炳、驸马巩永固入，托以东宫二王事，国母独付与嘉定、太康云。

③刘文炳与弟文燿、叔继祖，及巩永固俱自焚其宅而缢死。永固犹寄语舒章，为作一传。

气冲匹练北辰高，泾渭分流自武牢[①]。
特重乾元陪血食，谁为老父叹薰膏[②]？
天留正笏垂青史，人诵遗诗出紫袍[③]。
忍死孟威双泪落，此心原在纳靴刀[④]。

原注：

①自武牢之破，卢、李死难，与奚珣分。

②吊龚胜者。

③范、倪诸先生殉难，或传有遗诗在衣带中。

④周墟字孟威，不肯受官，而后举事杀苻坚不克者。

鼎镬当前设地牢，呼名不应即封刀[①]。
明甘一死平生毕，恨让诸公昨日高。
凿坎讵知胡地活[②]？露鬃忽藉郑商逃[③]。
金吾壁后人多少，脱得伶仃旧散曹[④]？

原注：

①廿六，押入点名，不应者即封刀驱拷。

②用苏武事。

③露鬃是贺循事。

④张直方壁藏公卿为黄巢杀。

听芦笙作

谁伴愁人坐月明？苗中儿女舞芦笙。
自言颇似江南曲，不是秋笳出塞声。

方 文

方文（1612—1669），字尔止，号嵞山。桂林方氏，方大铉子。中年遭家难，迁枞阳镇，寓居金陵。方文赋性亢爽，少负时誉，与从侄方以智声名相颉颃。明亡，弃举子业，卜居金陵。方文刻意为诗，以陶渊明、杜甫、白居易为宗，写乱离悲愤，自然浑朴，触手成妙，论者称为“嵞山体”。著有《嵞山集》二十一卷。

次韵题吴不官诗卷兼以志别

昔有论诗者，如参大小禅。
圆通由妙悟，积累在多年。
岂许空疏辈，能耕卤莽田？
吴生家震泽，逸兴寓林泉。
耻作钟谭语，全师葛顾[①]篇。
视身同老衲，于世总浮烟。
湖海凭孤往，胸怀自廓然。
白头归故里，丹灶慕前贤。
茅宇堪休息，藤床合醉眠。
奈何冰雪里，又上过江船。

原注：

①震甫、与治。

吴门行

一年一度过吴阊，腰下百金千金装。
今年行李独萧索，布衣白帢秋风凉。
邻舟新到惠泉酒，青钱一缗沽一斗。
顾我囊空无百钱，仰视秋天但搔首。
可怜书剑老风尘，客路栖迟多苦辛。
明朝况是重阳节，风雨飘摇愁杀人。

除夕叹

去年除夕归自北，行李到门天已黑。
今年除夕客南方，江路逢兵归不得。
山妻凝望眼将穿，只道今年似去年。
高树夕阳鸦影乱，尚牵弱女立门前。

未至杨树湾十里而暮

马知投店晚，虽惫撒霜蹄。
山路晴偏好，人家近转迷。
风声吹烧急，雪意压云低。
村小犹闻犬，柴门闭已齐。

唐祖命移居

唐，宛人，居姑孰。其子髯生，亦才士也。

南望姑溪北宛川，两堪栖托两无缘。
君家独据湖山胜，时论同归大小贤。
雪夜对人消永夜，草堂留我过残年。
卑枝莫漫愁衰凤，三匝乌飞更可怜。

寄怀潘江如

千里菇蒲共一江，白鸥何事不成双？
君归海上藏烟艇，我去山中闭雪窗。
秋水无缘逢石臼，晨星似欲转天杠。
年来兰畹凋零尽，尚有梅花雪几桩。

送吴无奇还毗陵

细雨轻烟杨柳枝，鲁明江上送君时。
十朝九见犹嫌阔，一别三秋那不思？
贫觉家山归甚苦，老怀勋业建非迟。
伤魂最是新亭路，怅望临风泪暗滋。

自题小像

山人一耒字明农，别号淮西又忍冬。
年少才如不羁马，老来心似后凋松。
藏身自合医兼卜，溷世谁知鱼与龙？
课板药囊君莫笑，赋诗行酒尚从容。

鲥　　鱼

家在江东春水边，杨花落后此鱼鲜。
白于笠泽银丝鲙，肥似襄阳缩项鳊。
梅雨买来风味别，荻牙蒸就色香全。
临餐忽有伤心处，不荐园陵已十年。

哭明圃子留

圣代遗民本不多，频年锋镝又销磨。
衰宗尚剩农兼圃，至性同归笠与蓑。
只道阳春回律管，岂知长夜闭烟萝。
瑶华且被霜风折，冉冉孤根奈若何？

竹　枝　词

侬家住在大江东，妾似船桅郎似篷。

船桅一心在篷里，篷无定向只随风。

楼上春风吹小窗，愁人独坐俯晴江。
沙鸥汀鹭皆成匹，岂独鸳鸯是一双？

春水新添几尺波，泛舟小妇解吴歌。
笑指侬如江上月，团圆时少缺时多。

钱澄之

钱澄之（1612—1693），原名秉镫，字幼光，一字饮光，号田间。峦漕钱氏，世居麦园（今枞阳县枞阳镇五一村）。明崇祯时诸生。弱冠时即闻名四方，与同里方以智接武东林，联云间陈子龙、夏允彝结“云（间）龙（眠）社”，文名籍甚。尝从黄道周学易。明亡后，为避党祸流离闽越间，历尽崎岖，剃度为僧，归隐故里田间。晚筑北山楼于枞阳，专事著述。诗歌古文，名满天下。查慎行从其学诗，方苞从其学古文辞，皆别开宗派。著有《田间诗学》《田间易学》《藏山阁集》等，并行于世。

咏　史

得失固有道，成败安足论。
成者宁必圣，败者讵为昏？
古来功名际，多为史氏冤。
谢玄破苻秦，其名至今存。
向非朱序倡，秦兵岂遽奔？
英雄一失路，万古褫其魂。
功名属竖子，壮士复何言。

仿渊明《饮酒》诗

寄生大块中，何者为我故？
譬如逆旅物，暂有安足据。
在世虽百年，毕竟舍之去。
临去岂不恋？恋亦不得住。
所以达观人，澹然随所遇。
委顺生死间，不厌亦不慕。
日饮一杯酒，所以全此趣。

田园杂诗

夙昔慕躬耕，所乐山泽居。
忧患驱我远，常恐此志虚，
十年一言归，旧宅已焚如。
嗟我昆与弟，茅茨倚废墟。
徘徊靡所栖，还结田中庐。
结庐中不广，床席容有馀。
床上何所有？一二古人书。
芃芃陂上麦，青青畦间蔬。
日入开我卷，日出把我锄。

仲春遘时雨，既雨旋亦晴。

百草吐生意，众鸟喧新声。
纷纷群动出，各各有其营。
孰是形骸具，而怀安居情？
秉耒赴田皋，叱牛出柴荆。
耒耜非素习，用力多不精。
老农悯我拙，解轭为我耕。
解以驾驭法，使我牛肯行。
置酒谢老农，愿言俟秋成。

一春勤稼穑，草木荒东园。
今晨始芟刈，逝将除其根。
良苗常苦短，恶草常苦繁。
腰斧伐荆棘，用以卫篱藩。
荆棘伤我手，淋漓手中痕。
手伤不足道，篱弱何以存？
家人挈酒至，满斟在瓦盆。
劝我饮一醉，颓然卧前轩。
前轩无人来，春风开我门。
鸡鸣识夜旦，鸟鸣识天时。
东皋人有声，我起毋乃迟？
揽衣出门早，且复驱其儿。
黄犊初教成，我锄子则犁。
犁锄岂不苦？衣食道在兹。

道旁一老父，颦蹙前致辞。
言儿筋力薄，稼穑非所宜。
诗书虽不尊，犹是祖父遗。
如何舍素业，自甘辛苦为？
多谢老父意，此意君未知。
呼儿且饭牛，吾去烧东菑。

春天不久晴，衣垢及时浣。
身上何所著？敝襦及骭短。
家人念我寒，一杯为斟满。
酒满不可多，农事不可缓。
奋身田野间，襟带忽以散。
乃知四体勤，无衣亦自暖。
君看狐貉温，转使腰肢懒。

人生会有尽，行止非自由。
止亦不可趣，行亦不可留。
如何柴桑叟，汲汲为此忧？
终年痛饮酒，冀以忘其愁。
吾身听物化，化及事则休。
当其未化时，焉能弃所谋？
有子亦须教，有田亦望收。
天心于人事，何息不同流？

我不离世间，而愿与天游。
焉能外亲戚，视之同浮沤？
乃知黄老书，不如孔与周！

柳絮篇

长干二月柳花飞，拂巷穿街乱扑衣。
闲逐游丝飏紫陌，急随花片度罗帏。
人家晓起纷纷白，委地盈阶扫不惜。
暗妆老树认为花，斜舞回廊疑似雪。
莫笑杨花性太狂，无情无绪漫悠扬。
谁家庭院非新主，何处园林是故乡？
佳人不道花轻薄，世事由来无定着。
已惜桃花随水流，更伤霜叶归根落。
飘摇不自定东西，懒学人间着处迷。
便欲乘风轻渡水，惟愁带雨湿沾泥。
往还岂借吹嘘力，倏忽升沉浑莫测。
阶下儿童捉未能，梁间燕子捎难得。
飞去飞来江水头，春风春水使人愁。
即教化作浮萍草，依旧无根水上浮。

催粮行

催完粮，催完粮，莫遣催粮吏下乡。
吏下乡，何太急？官家刑法禁不得。
新来官长亦爱民，那信民家如此贫。
朝廷考课催科重，乡里小民肌肤痛。
官久渐觉民命轻，耳熟宁闻冤号声。
新增有名官有限，儿女卖成早上县。
君不闻村南大姓吏催粮，夜深公然上妇床。

水夫谣

水夫住在长江边，年年捉送装兵船。
上水下水不记数，但见船来点夫去。
十家门派一夫行，生死向前无怨声。
衣中何有苦搜索，身无钱使夜当缚。
遭他鞭挞无完肤，行迟还用刀箭驱。
掣刀在腰箭在手，人命贱同豕与狗。
射死纷纷满路尸，那敢问人死者谁。
爷娘养汝才得力，送汝出门倚门泣。
腐肉已充乌鸢饥，家家犹望水夫归。

虔州行

江右人来，言虔州以去年十月破，哀而赋之。

烟冥冥，雨啾啾，黄昏鬼火遍城头。
行人白昼不敢过，问之乃是昔虔州。
虔州地形控江楚，关税兼通闽粤贾。
船上珍珠不值钱，城中养女能歌舞。
闾阎扑地楼插天，家家日暮喧笙鼓。
渔阳白马动地来，中原十城九城开。
吉安已破皂口失，孤城水上空崔嵬。
铁骑连山风雨集，炮火塌天城不摧。
城头壮士不畏死，夜半缒城砍敌垒。
腰间夺得乌孙刀，背上插来白羽矢。
紫髯将军不敢逼，立马西山时咋指。
城悬粮绝无援兵，四面尽是吹笳声。
初犹食马后食人，登楼击鼓鼓不鸣。
朔风吹雪酒盏大，安陴人病三日饿。
遥见营火渡河来，一半传更一半卧。
兵声暗杂风雨声，五更未醒虔州破。
闭城刈人人莫逃，马前血溅成波涛。
朱颜宛转填眢井，白骨撑拄无空壕。
自从司马誓城守，老弱登陴谁敢走。

清江龙泉居上游[①]，突围入城今在否？
诸君磊落忠义人，死去名节千秋新。
可怜虔州十万户，日暮飞作沙与尘！

原注：

①清江杨相国，龙泉郭太守。

送何别驾次公之皖

长江万里此咽喉，吴楚分疆第一州。
峰色晴开天柱晓，涛声夜送海门秋。
随班坐听趋衙鼓，出郭看收下网钩。
君过枞阳劳借问，射蛟台畔北山楼[①]。

原注：

①小楼名。

金陵即事

秋山无树故崚嶒，几度支筇未忍登。
荒路行愁逢牧马，旧交老渐变高僧。
钟楼自吼南朝寺，佛塔还然半夜灯。
莫向雨花台北望，寒云黯澹是钟陵。

过韬光和黄海岸先生韵

山空策杖响如雷，取次登峰眼渐开。
三十五年重到此，谁知不是后身来。

方兆及

方兆及（1613—1715），字子诒，号蛟峰。桂林方氏，世居枞阳镇，后寓居金陵。顺治甲午举人，任山东济宁兵河道佥事。于书无所不读，尤精于天文之学。与弟方兆弼齐名，人称“枞川二方子”。诗多佚失，今仅存晚年改定之七律数十首。

雒阳

伊阙巍巍俯雒阳，天津桥水日汤汤。
春烟金马门前柳，晓日铜驼陌上桑。
宅卜东西瀍与涧，代更兴废汉仍唐。
谁云歌舞东都胜，不遣凄凉到北邙？

折杨柳

杨柳春迟未著花，相思相望渺天涯。
楼前惯拂红襟燕，陌上长嘶白鼻騧。
晓色浓应分汉苑，边风吹不到胡笳。
长条欲寄凭谁寄？肠断钱塘苏小家。

陈　焯

陈焯，字默公，号越楼。官山陈氏，世居官山（今枞阳县钱桥镇官青），父陈朝栋为理学名儒。七岁能文，清顺治九年成进士，授兵部主事，以耳聋不仕，退归后移家县城。著有《涤岑集》等。

柬卧子越州

藉甚江东又浙东，颀然长德领群公。
早知名字齐诸葛，直许篇章接射洪。
家在苇城秋色里，人吟兰渚水声中。
莼鲈挽住山阴棹，相访须乘雪后风。

张 度

张度（1614—1681），字龄若，号狮崖。拔茅张氏，世居拔茅山（今枞阳县会宫镇）。张度多才艺，书画兼工，诗学许浑、陆游。崇祯末，避乱金陵，以卖画为生。明亡，返里授徒。性狷介，自称“蓬蒿张氏”，以别于桐城张氏（张英、张廷玉家族）。著有《蟋蟀窝诗集》十卷。

左子兼子周招游龙眠山庄因过久峰庵

十里山行五渡溪，小桥危步互相携。
人从流水声中过，路向秋花香处迷。
识面云禽堪作侣，饮河石马不闻嘶。
寻幽似入山阴道，应接频劳信杖藜。

赋得家在江南黄叶村

家在江南黄叶村，数间茅屋乱离存。
槿篱帆过悬晴色，柳岸潮空露啮痕。
刈荻远穿云满泽，捕鱼归趁月当门。
贫居生计原如此，何事旁人作隐沦？

田家

槿篱竹舍小山围，水溢陂塘柳映扉。
秋燕成家新火换，早蚕登箔落花稀。
陇头春暖儿耕惯，村外邻招叟醉归。
更爱鸡豚雏作队，共安饮啄在斜晖。

吴趋曲

城内居然似水村，浮家栏槛满潮痕。
寻常市买桥慵度，船去船来直到门。

方孝标

方孝标（1617—1697），原名玄成，避康熙帝玄烨讳，以字行，别号楼冈。桂林方氏，方拱乾子，寓居金陵。清顺治六年进士，改庶吉士，授翰林院编修，任内弘文院侍读学士，两充会试同考官。顺治十四年以江南科举案牵连，流放宁古塔，居二年释归。《南山集》案发，戴名世处斩，时方孝标已死，清廷下令掘棺锉骨，“为千古文人所罕有”。孝标秉经世之志，有高世之识，诗文并治，高譽词坛，驰声文苑。著有《钝斋诗集》《光启堂文集》《钝斋文选》《易论》等。

空　村

日暮步空村，老翁负墙泣。
问翁何所悲，欲语还塞默。
明初张士诚，已随飞尘集。
叱咤三百年，重税困樵汲。
酉戌改革初，官逃吏人匿。
在官四年粮，渔夺无遗粒。
朝廷岂不仁，庚癸军呼急。
即如今年春，会计十载仂。
改充楚滇饷，羽书纷翕习。

追呼到儿女，田荒桑枝折。
上官据案嗔，有司免冠立。
一限责户胥，二限逮亲识。
三限子弟拘，荷杖公廷縶。
既承天子命，百姓何足惜。
其奈负逋时，在彼书生日。
受印问前官，已鲜神输力。
接踵四五人，组解归无术。
后者鉴覆车，鞭挞为饮食。
民岂不谅官，官亦爱民极。
煌煌令甲悬，何以免诛殛。
公毋谓我贫，我固千金室。
大男前运粮，书来陷围棘。
中男昨被收，典衣买扑抶。
迄今半菽无，悔不早为贼。
昔读《舂陵行》，载诵《新安》什。
今闻老翁言，不觉衣衫湿。

偶 然 作

紫薇夏忽僵，童稚砺斧锷。
主人坚持留，入秋叶复灼。
草木本无心，枯时生何托？

东邻有老农，十耕久不获。
旁睨胠箧豪，轻肥鄙钱镈。
生孙不胜锄，崇朝千亩扩。
不菑复不畬，京坻恣溪壑。
人见得失殊，妄意天心错。
不知后者收，惟观先者作。
不知巧者饮，惟观拙者凿。
屈乃伸之几，复在坤之末。

横 玉 山

山在长兴县西北三十五里，下为顺泰乡祠，今改为观音寺。

西北有山名横玉，下俯顺泰乡民屋。
顺泰乡民十万家，不工不贾耕山曲。
土腴岁稔常不收，鞭扑征输多夜哭。
东平杜朴巡皋塘，因民建祠虔祷祝。
自此斫畬不逮前，他区虽歉此区熟。
元季兵戈祠宇倾，夏税秋粮又不足。
父老呼天天不言，广搜细绎人谁告。
忽有堪舆善地经，笑指兹山为祸福。
山形类鼠窃食田，田苗岂足充溪谷。
须建一祠祠神灵，神若有灵鼠乃伏。
于是邑人颜福慧，访旧鸠工勤版筑。

祠成夜半雷电风，弥山若有弓刀逐。
草枯数日叶复青，此区丰歉遂同俗。
我来闻此骇且疑，《齐谱》岂尽荒唐录。
山形类鼠尚害人，况当猛虎人为牧。
劝君为神勿为虎，为虎恐有风雷扑。
吁嗟乎！方今天下鼠，
尽化为虎而食人，空山何处有鬼神！

方兆弼

方兆弼（1620—1667），字子竟，号象山。桂林方氏，世居枞阳镇。岁贡生。

招隐蜀藻二首

旧时麟管总无存，木柄长镵学灌园。
况有老妻藏菊酿，频教稚子候柴门。
床头羞说鱼肠剑，桁上惟馀犊鼻裈。
近喜故人来往密，怪君曾不到江村。

吞声只合闭幽栖，岂有桃花路竟迷？
门外经时无犬吠，城头昨夜尚乌啼。
难期出世开莲社，且学忘机灌药畦。
各具性情人不识，恨于舞后更闻鸡。

题从父龠山先生草堂

堂背青溪一径开，柴门中有小楼台。

闲将野竹参差种，春买梅花次第栽。
绕屋水光经雨涨，隔城山色带云来。
每逢看月兼看雪，多少诗人索酒杯。

姚文燚

姚文燚（1623—1690），字彦昭，号盘青，别号芝房老人。麻溪姚氏，居县城。康熙己丑举人，长洲教谕，擢江西峡江知县。著有《超玉轩诗集》。

赤　壁

天空木落石崔嵬，怀古凭轩倦眼开。
山势欲奔吞浪住，江光不断抱城来。
英雄气尽三分业，词客名高两赋才。
只有文章传胜地，箫声鹤梦总尘埃。

周曰赤

周曰赤，字子蕴。鹞石周氏，世居周家潭（今枞阳县周潭镇）。

秋日圩上苦雨二首

秋霖飒飒作江声，袯襫都从水面行。
馋鹭狎人窥灶立，驯鸡栖树下田惊。
千家负土防堤溃，八月观涛苦病生。
最是凄凄芦荻夜，多时不见月华明。

蕴隆才罢桔槔声，寒雨秋江一夜平。
共指青苗为相国，谁知乌有是先生？
旧菑久失家人望，新黍犹虚祖庙馨。
此日报神兼赛社，不劳击鼓更吹豳。

丁倬

丁倬，字彼云，号汉公。白杨丁氏，世居白杨涧（今枞阳县项铺镇）。顺治间诸生，与钱澄之、方文相友善。生平遭遇惨酷，发而为诗，跌宕不群。著有《髫山堂诗集》。

捕盗行

不捕盗，盗心宽，乘舟走马无人阑。
借问有盗何不捕？人间那得知其故。
于今新令敢不遵？一家被盗官为民。
所以有盗不敢陈，鼠盗公然能杀人。
君不见前村失盗当白昼，星夜报官官不究。

舟泊皖江同姚声侯望塔灯感赋

古寺浮屠出，风灯彻夜明。
珠光悬历乱，星影户纵横。
佛力光辉大，江天气象生。
民间烟火断，独照梵王城。

田　家　乐

瘠田颇足供朝餐，亚旅同勤力亦宽。
积谷每防春后贵，采薪为备腊中寒。
瓜蔬雨过生三径，儿女灯前笑一团。
惟祝百年无个事，自甘粗粝乐平安。

吴道新

吴道新，字汤日，号无斋。麻溪吴氏，世居麻溪（今枞阳县钱桥镇）；明亡后，隐居白云岩（今枞阳县白梅乡）。天启丁卯举人，司教句容、泰兴，以荐官国子助教，转工部主事。著有《潜德居诗集》等。

薪尽油尽乏钱市夜无灯火坐黑暗中冷然自得目不击而道存焉诗以纪之

犹龙门曰玄，灵鹫槃曰涅。
知白能守黑，斯言证极则。
冥冥至道精，昏昏至道宅。
只在暗前参，勿从明处测。
无明明乃生，有明明乃灭。
土以常寂光，于兹悟真诀。
灯烬火消膏，砚冰水凝墨。
智者炫为愚，静者敛其哲。
是故尼山圣，所识亦惟默。
不睹暨不闻，暗然黜声色。
洗心密退藏，思虑浑焉绝。

我潜葆中央，混沌凿弗泄。
二亮归一晦，室与堂何别？
独坐抱希夷，如漆复如铁。
烦恼障暂空，幻躯任灰劫。

晚　望

萧萧野岸荻芦秋，不见戈船水上浮。
惟有青溪千尺塔，隔江犹似望烽楼。

陈 昉

陈昉，字朗生，号石舫老人。枞川陈氏，世居枞阳镇。

秋 水

雪散芦汀鸥鹭平，过鸿送影落秋声。
锦江濯句浮红叶，明月留情漾白萍。
一色长天歌棹远，半帆斜日縠纹轻。
芙蓉露下催妆镜，宛在亭亭弄玉笙。

石 舫 春

云岩花萼覆幽篁，俯吸江流剖石藏。
峭壁独深苔藓绿，年年春雨瀑泉香。

方中通

方中通（1634—1698），字位伯，号陪翁。桂林方氏，方以智次子。方中通终身不仕，博涉多通，尤精于天文历算之学。著有《陪集》《数度衍》《篆隶辨从》《易经深浅说》等。

鹿湖泛月

雨馀秋在柳隄边，试放轻舟一采莲。
万顷湖平潮未退，四围山合月初圆。
渔罾忽见中流火，村树都成远岸烟。
兴未尽时还索酒，满天星斗落杯前。

七夕珠江留别龚蘅圃秦望庵陈生洲梁药亭及兄子正玉

海国秋云到眼迟，卷舒似与客追随。
如何天上相逢日，翻作人间送别时。
万里亲朋孤剑影，一帆风雨五更诗。
十年戒饮今宵醉，无限心情付酒卮。

方中履

方中履（1638—1684），字素伯，又字素北，号合山，又号小愚。桂林方氏，方以智幼子。终身不仕，著有《汗青阁集》等。

行　路　难

厩无赤汗桃花之骏马，河无青丝桂楫之楼船。
腰无三尺芙蓉之宝剑，手无九府榆荚之铜钱。
行路难，安得前。
南望闽越，北望幽燕。
炎风朔雪行人满，西山日落犹争先。
吁嗟乎！西山日落犹争先，问君一去何时还？

难妇竹枝词

弓刀驱逐绮罗身，毳帐羊酥不敢颦。
纵许金缯赎归去，一家白骨已无人！
戈船日远改装难，两袖啼痕不见干。
已识故乡屠戮尽，逢人犹自问平安。

左如芬

左如芬（1643—1675），字信芳。左宕左氏，左光斗子左国林之女，嫁同邑顺治丁未进士、浙江萧山县知县姚文熊，早卒。有《缫芷阁诗稿》。

闲　居

竹阴笼日映窗纱，袅罢炉烟一缕斜。
蝴蝶不知春去久，双双飞上石榴花。

秋夜夫子赴芸窗酌酣饮达旦

静掩纱窗避晚凉，挑灯独坐夜偏长。
无情最是初生月，不待人归上短墙。

光　标

光标（1648—1726），字霞起，号虚舟，一号片舫。世居太公山（今属枞阳县浮山镇），后迁姚家嘴（今属枞阳县麒麟镇）。邑庠生，著有《片舫斋诗集》三十卷。

搔　首

搔首青天问不平，半阶明月听吹笙。
不知愁自何人种，遂使忧从到处生。
寒彻十分名未冷，空除一切利难倾。
我今且学随缘法，身入邯郸梦亦清。

姚 亮

姚亮，字揆采，生平不详。著有《绛雪堂诗稿》二卷，为陈家勉购得于枞阳者。

回 思

回思暗自嗟，垂老尚天涯。
才本惭袁伏，交谁是叔牙？
六年三作客，十梦九还家。
乡信知何似？寒灯夜夜花。

残腊感怀

年少词坛旧有名，老来牢落客荒城。
青衫犹是山中制，白发多从海外生。
阴雨连绵天黯淡，故园迢递梦分明。
宵寒听唱边关曲，却与江南一样声。

红 叶

返照晴空一雁飞，村村高树暮烟微。

青山入望秋先到，绛叶含情客未归。
孤邸白头同调少，过江黄耳附书稀。
朔风淅淅寒偏甚，九月何人更授衣？

方登峄

方登峄（1659—1728），字凫宗。桂林方氏，方孝标子，出嗣方兆及，居枞阳镇。康熙三十三年贡生，授内阁中书，升工部都水司主事。因生父方孝标涉《南山集》案，与子式济同被流放黑龙江。性朗豁，居绝域十馀年，喜怒不形于辞色。著有《依园诗话》《葆素斋集》等。

盘中诗

木刻鸠，纸剪马。
飞山头，走山下。
露贯珠，纫为襦。
云裁衣，烂光辉。
是耶非，孰辨之？
六月桑，吐蚕丝。
冬之蕙，茁新枝。
尔所思，非其时。
素者发，丹者泪。
心恻恻，老已至。
骨肉残，风雨驶。
寸有长，尺有短。

驰双轮，不可挽。
我所急，天所缓。
击瓦鼓，声乌乌。
白云满天歌且呼，
歌周四角旋中枢。

村　北

野旷朝霭清，日出方迟迟。
远风吹水气，澹林结幽姿。
策蹇访故人，村北路逶迤。
碧阴漾千亩，凉露沁心脾。
刈麦走田父，妇子相追随。
老翁欣得食，回头顾其儿。
大儿束麦把，小儿抱豆萁。
歌笑偕邻叟，饮濯清湍湄。
留连缓去路，寓目心情怡。
田间有真乐，朝市知者谁？

望南信不至

不见儿书至，应知下笔难。
有心慰衰老，无计说平安。
关塞寒云早，门庭落叶残。

倘逢南雁过，便当室家完。

出西郊道过摩诃庵经前明宦寺葬地

易代一抔土，累累葬宦官。
馀威剩碑碣，流毒在衣冠。
树接宫云密，钟敲佛火残。
东京乔固冢，鬼哭北邙寒。

忆 旧 游

杏花树接石塘东，游侣常邀载酒筒。
十里湖光渔唱里，一春山色屐声中。
水香莲叶才过雨，野暗林梢忽到风。
回首郗家甥馆日，廿年须鬓欲成翁。

陈　度

陈度，字官仪，号晓青。世居枞阳镇，著有《石舫诗钞》。

亭上作画怀杨君石湖

可奈怀人落絮天，寻诗多在小亭前。
风清隔岸莺调舌，雨霁阴崖蕨长拳。
平野减青新薙草，远村生白晚炊烟。
酒杯安得同君把？趁我今朝卖画钱。

晚　归

兴到寻幽兴尽归，闲鸥知我久忘机。
溪声惜别远随杖，橘刺留行频挽衣。
老树孤村灯隐见，野桥荒草路依微。
今宵一枕敲诗梦，好句还防醒记非。

刘允升

刘允升，字岩遇，号云芝。诸生，居枞阳镇。著有《怀古堂诗稿》。

入永城界

渡淮景况迥相殊，白日荒荒大野枯。
路入中州平似掌，风来北地冷侵肤。
高楼雉列村烟聚，古寺鸱鸣佛相孤。
从此江南天际远，梦随征雁下菰蒲。

景　州

袖拂锟铻过广川，荒城大道直如弦。
寒风倒卷沙痕乱，冻日低临塔影圆。
鹰犬围场人似海，筝琶行帐酒如泉。
愁看万骑边关马，牧向居民种麦田。

献　县

尘海风高望渺茫，建城山色晚苍凉。

地冲最苦居民少，邑冷翻怜长吏忙。
下马孤城如斗大，过桥野树比人长。
日华馆废图书散，谁更多情忆献王？

童 蔚

童蔚，字大文，号耕石。枞川童氏，世居枞阳镇。岁贡生，著有《耕石诗钞》。

送亮书履安北上兼怀复斋继溪秋雯灵皋诸先生

河桥风柳曳残春，此别怜非故国身。
文字何缘偏贾祸？交亲相对重伤神。
书生谁比关中侠？朝士皆知宦后贫。
终赖盛朝宽大典，清流白马岂无人？

江上暮归

薄晚潮平江上还，篷窗忽见故乡山。
青青一带怜如旧，不似行人鬓早斑。

方式济

方式济（1678—1720），字渥源，号沃园。桂林方氏，方登峄子，世居枞阳镇。康熙己丑进士，授内阁中书。逾年归省，适《南山集》案发，株连其亲生祖父方孝标，与父登峄同被流放黑龙江。塞外绝域，侍父至孝。年四十二，以病卒于卜魁城。著有《龙沙纪略》等。

远行曲

结束语童仆，鸡鸣看天曙。
辞我乡里亲，曳屦出门去。
出门口无言，寸心煎百虑。
请取囊中琴，暂坐理弦柱。
一弹示知音，音新知者故。
人情恋乡井，冰霜况岁暮！
此身值贱贫，焉能乐完聚。
岭高猿狖哀，水急蛟龙怒。
行行将何之？白日沙飞路。

护菊

盆菊瘦亦花，尺茎缀钱小。

荒地苦栽培，强说颜色好。
种从邻圃移，南阶溉昏晓。
八月藏户牖，扶护费探讨。
胡乃傲霜姿，翻畏寒霜早？
人实累此花，使汝随边草。

偕钱大敦一晚眺

岑寂翻嫌闭竹关，芒鞋同踏翠微间。
半湖新水没春草，万瓦寒烟补断山。
箫鼓赛神村女散，茶瓜留客野人闲。
轻舸更有他宵约，红藕月明香一湾。

法塔吟门

奉天以北第二关，直稽林北八十里。
山口严扃月照营，等闲过客待鸡鸣。
此身已在重关外，不怕阳关第四声。

方贞观

方贞观（1679—1746），原名世泰，字贞观，号南堂。桂林方氏，方拱乾曾孙，寓居广陵。诸生，乾隆丙辰荐博学鸿词，未就试。著有《南堂诗钞》。

别马相如

落叶城边别故人，黄花风咽夕阳昏。
十年浪许摩天鹄，一笑真成失木猨。
聚散无常皆运数，飘零有地即君恩。
平生识得朱文季，挥手何烦作后言。

宿畏吾村

白榆褪荚柳依依，五载辞家尺素稀。
时食及春思马鬣，馀寒侵夜梦牛衣。
不名一艺心良苦，拟老为农愿亦违。
输与鸡豚有庐舍，夕阳分路认依稀。

重 有 感

茫茫寰海一帆舟，勇退谁能身急流。
昨日将军专阃外，今朝廷尉望山头。
书生说剑言皆妄，平世穷兵武亦羞。
漫道弓藏缘鸟尽，文饶功过略相酬。

得家书效螽山体

老妻书至劝还家，细数家园乐事赊。
彭泽黄鱼无锡酒，宣州栗子霍山茶。
芭茅已补床头漏，藊豆犹开屋角花。
旧布衣裳新米粥，为谁留恋滞天涯？

西湖袁四娘竹枝词

雷峰落日断桥烟，都在湖心亭子边。
郎自来游为湖水，如何骑马不乘船？

方世举

方世举（1680—1750），字扶南，号溪堂，又号息翁。桂林方氏，方拱乾曾孙，寓居广陵。太学生，乾隆丙辰举博学鸿词。著有《春及堂诗集》《韩诗笺注》等。

登板子矶

一握苔矶筑女墙，南朝司马作金汤。
衣冠不惜空钩党，兵甲惟防起晋阳。
事去长江围故垒，人来秋叶下僧房。
赭山日落芜湖冷，犹记将军旧姓黄。

梅 花 岭

春江花月醉名姝，白甲残军授虎符。
出镇谢安开北府，背城张悌死东吴。
将分水火妖星见，血裹衣冠厉鬼呼。
故垒萧萧山悄悄，野梅如雪下平芜。

西江李健卒

白发老材官，湖南一战酣。
偶因风日暖，袒膊见刀瘢。

滕 王 阁

阁外青山山下江，阁中无主自开窗。
春风欲拓滕王帖，蝴蝶入帘飞一双。

姚文燮

姚文燮（1627—1692），字经三，号羮湖，别号听翁。麻溪姚氏，居县城。顺治己亥进士，建宁府推官，丙午福建同考官。裁缺，改雄县知县，升云南开化府同知。博通古今，工文辞，书画号称名家。著有《黄蘗山房集》。

度关山

度关山，阻修复崄巇。
轮辐折，车莫支。
骨肉相示呱呱啼，吞声一悲。
虎豹蹲前，狐狸后窥。
北雁南翔，来去有期。
拭泪望故乡，白日天汉杳杳，斧冰饥作糜。
辛勤扶双亲，双亲危殆，征夫何以生为？
孝子不逾阪，羁臣勿登危。
煌煌帝日月，衰骨胡颠阶。
度关山，那得不沾衣。
去人日以多，未见去者归。

赠方邵邨

萍踪常并客心悬，薜荔堪衣研作田。
生计惟书乞米帖，天涯难聚买山钱。
桮苍问旧三千里，桃叶同游二十年。
兰渚正芬花正好，春风可为故人怜。

刘大櫆

刘大櫆（1698—1780），字才甫，一字耕南，号海峰。陈家洲刘氏，世居合明山下（今枞阳县横埠镇）。雍正七年、十年副贡生。早年师事吴直，弱冠后入京，诗文倾动一时，方苞誉为“今世韩欧才”。乾隆间应博学鸿词科，再举经学，皆未录取。后官黟县教谕。晚年居枞阳讲学，姚鼐、王灼等皆出其门下。大櫆性豪放，才气纵横，能包举古人之长，与方苞、姚鼐合称“桐城三祖”。著有《海峰文集》《海峰诗集》《论文偶记》等。

杂　感

隆冬御败絮，终日嗟无衣。
一朝得狐貉，闭目笑羊皮。
菰粱永今夕，顿忘无朝炊。
团圞一门内，弟寒兄不知。
深宫狎阿保，而闵百姓饥。
岂非天使独？知临大君宜。
吾闻晋帝言，何不食肉糜？
中人数家产，流涕诵此辞。

感 怀

弱冠负勇气，乡间婴祸罗。
仗剑出门去，饮马昆仑河。
渡河北至赵，层冰何峨峨！
幽州白日澹，霜空号驾鹅。
遭逢半死士，屠狗相经过。
击筑共沉饮，酒酣慷慨多。
时登望诸墓，相和一悲歌。
中有击剑客，皂帽豪猪靴。
鹿卢耀霜雪，一日三摩挲。
张髯类长戟，杀人如剪莎。
十年绝消息，无复朱颜酡。
未知今生死，餐饭复如何？

田 居 诗

田家事耕作，终岁常勤劳。
素业苟无失，称心同禹皋。
日暮众鸟息，牛羊各归牢。
携瓶汲涧水，仰见山月高。
人影忽在地，草露时沾袍。
浩歌返茅舍，檐际风飋飋。

坐对一樽酒，宁知尘世嚣？

晓　望

春鸟檐际鸣，欣然念晴旭。
缓步出中林，平皋纵游目。
烟澹迷松关，花深隐茅屋。
朝霞散馀红，远水摇新绿。
地迥情欲忘，身闲意自足。
如何尘世人，心乃贱农牧？

郭外看花

忆昔看花在江南，纷红骇绿名难谙。
春来十日九游剧，山椒水涘穷幽探。
蹇驴蹩躠动十里，酒樽茶具盛都篮。
折屐朝将虎竞穴，篝灯夜与僧同龛。
其时同学六七辈，上下角逐矜雄谈。
题诗仰窥万仞壁，飞步直下千丈潭。
自入京国少情思，冻泥干矢污袍衫。
闭门十日卧不出，作茧自裹如眠蚕。
春光一去杳无迹，辜负人间三月三。
今朝雨色偶晴霁，西山城上浮青崭。
欣然一笑出郭去，几树当路逢优昙。

直沽运舫恰初到，红泥印酒新开坛。
田夫樵人似野鹿，正可挽入同沉酣。
山果骈罗杂丹漆，咀嚼冰雪夸梨柑。
偕行况有两年少，才皆璜瑀非砆瑊。
山光水色花态度，各著险句相磨劖。
却怜贱士滞京国，独与花对宁无惭？
时命穷通亦偶尔，造物有意谁能参？
方春百卉尽烂漫，北枝已吐南枝含。
碧瓦朱阑彼自得，荒郊野水吾何憨。
攀柯执条泫然久，夕阳半下西岭衔。
苍苍暮色自远至，晚钟才打峰前庵。
仆夫相顾趣整驾，徘徊欲去仍停骖。
城上鸦啼月东出，举头四顾天如蓝。

题吴西玉青岩放鹿图

人生与天地，一气相回环。
秽浊沉埋入地底，清气直上浮天关。
罡风漩急不可以驻足，乃栖嵩衡泰华诸名山。
琼台玉宇高且寒，日与古来贤豪圣智相往还，
蜉蝣蚁蛭看尘寰。
山中所有惟鹿豕，安得斯人与游盘？
鸟兽同群亦乐事，况乃瑶光星彩长烂煸？

乘奔六马不能及，浮水逾冈生羽翰。
仙人何必在天上？且放白鹿青岩间。

襄阳春日

襄阳春日长，愁对碧沧浪。
流急转呜咽，鸣声断我肠。
飞花复飞絮，垂柳更垂杨。
持此芳时恨，遥传至故乡。

江　　村

山水足嘉遁，彷徉江上村。
江楼一夜雨，春色满平原。
出户若有得，归来无可言。
坐倾桑落酒，烟月淡黄昏。

陪卢运使宴集平山堂

楼台俯瞰万山苍，北固烟峦接渺茫。
千古醉翁长在眼，一时词客又登堂。
江流日夜争归海，桂影萧疏不满墙。
且凭阑干倾一斗，梦中谁暇问雷塘？

过　扬　州

长安尘土污衣裘，日夜归心逐水流。
三月春愁连碧草，一帆暝色下扬州。
垂杨带雨临官道，画角因风到客舟。
燕市和歌成昨梦，青鞋又上酒家楼。

过望溪先生龙潭别墅

醉过西州涕泪并，鸟飞花落总无情。
关西伯起殊多难，江左夷吾讵啖名[①]？
誓欲相从惭九死，空闻会葬忝诸生。
只今卮酒论经处，更有何人一字评？

原注：

①高安朱相国曾称先生为公孙侨、管夷吾一流人。

武昌杂诗

过雨高城暮色苍，风烟千里郁相望。
战馀赤壁江山胜，仙去洪崖鼎灶荒。
王濬壮猷沉铁锁，庾公清兴据胡床。
分明往事都如梦，愁对青天雁几行。

春日杂感

高楼独坐每斜晖，春到乡园有梦归。
燕不憎人常对语，鸠将逐妇暂孤飞。
时披玉笥探风角，肯抱金笼放雪衣。
二十馀年客京洛，漫劳龟策早知非。

英年意气与山高，转眼皤然白首搔。
横槊赋诗才已尽，据床吹笛兴犹豪。
惊蛇自分行趋壑，炙毂何缘更出膏？
惭愧堂堂标质在，众人虽醉肯餔糟？

感怀再从亡弟药村

兄弟朋俦有夙因，一朝化去与谁亲？
春郊并马时如昨，夜雨连床迹已陈。
死别渐欺初日诺，长贫难作托孤人。
鬼魂可得无知识？相见还应泪满巾。

怀倪司城

当年携手在燕郊，秋满卢龙塞木凋。
终日高歌凌碧落，有时被酒舞清宵。

于今还往惟三户，回首乡关隔九霄。
欲过灞陵同买醉，汉家矜重霍嫖姚。

江 上

高挂蒲帆入窅冥，此身都似片云停。
晚来小立当船尾，忽有吴山相对青。

渔 人

江上渔人枕碧流，一声高唱海门秋。
朝来偶忆焦山寺，直挂孤帆下润州。

九子山图

我家门外长江水，江水之南山万重。
今日却从图画上，青天遥望九芙蓉。

方观承

方观承（1698—1768），字宜田，号问亭。桂林方氏，方式济子，世居枞阳镇。少遭家难，侨寓金陵，时寄食僧舍。雍正十年，平郡王奇其才，擢方观承步入仕途。乾隆时，历任浙江巡抚、直隶总督、陕甘总督。居官数十年，勤于政事，关心农业，治理水患，清正廉洁，颇受称道。后其子维甸、侄受畴亦官至直隶总督，故有“一门三总督”之誉。工诗擅书，著有《棉花图》《述本堂诗》《宜田汇稿》《问亭集》等。

雨后夜坐

雨歇郊原暮，窗开野色青。
归云不碍树，浅水亦涵星。
茶熟兼花气，诗成记灏灵。
凉宵秋得似，的的度流萤。

望见卜魁城

一片沙昏数尺墙，断碑烟景亦苍苍。
怪来战马防秋地，说是书生送老乡。
五十三亭燕树隔，六千馀里楚云长。
劳肩息后寻诗料，雁月笳风拾锦囊。

姚 范

姚范（1702—1771），原名兴涑，字南青，号已铜，学者称薑坞先生。麻溪姚氏。乾隆壬戌第三名进士，翰林院庶吉士，授编修。甲子顺天同考官，充三礼纂修官。著有《援鹑堂文集》《诗集》《笔记》等。

山 行

百道飞泉喷雨珠，春风窈窕绿蘼芜。
山田水满秧针出，一路斜阳听鹧鸪。

姚 鼐

姚鼐（1731—1815），字姬传，号梦谷，斋名惜抱轩，世称惜抱先生。麻溪姚氏。乾隆二十八年进士，授翰林院庶吉士，改兵部主事，擢刑部郎中，后任四库全书纂修官。盛年乞归，主讲安庆敬敷书院、江宁钟山书院、扬州安定书院，以读书学道导人于正轨。治学折中汉宋，归于平和。论文主“义理、考据、辞章”兼备，为桐城派集大成者，与方苞、刘大櫆合称“桐城三祖”。著有《惜抱轩全集》。选编《古文辞类纂》《五七言今体诗钞》，影响尤大。

咏古（四首之一）

鼓枻出大江，回首枞阳渡。
中有汉帝台，言是射蛟处。
日夕天风吹，青条变枯树。
上有黄鸟鸣，下有寒兔顾。
忆昔翠华游，帆樯隔云雾。
中流浩新歌，清音发众婟。
巡游既已疲，神仙不可遇。
为念祈招诗，广心焉所务。

潇 湘 图

云雾出枫林，烟深停水驿。
来往石崖间，迷离竟朝夕。
欲画猿啼声，寒峰数重碧。

王禹卿病起有诗因次韵赠之

我如惰农春未种，已失农祥土膏动。
室如悬磬待遗秉，大腹便便乃空洞。
由来人苦不自知，未免心侈口还纵。
君方锐敏有奇怀，远驾千古谁能共？
渥洼天马或跅弛，那遽柔心受持鞚。
高掌劈分二华岳，开胸吞纳九云梦。
何由昌歜独嗜余，不惜揄扬杂谏讽。
心亲料应尘埃稀，迹奇反致猜嫌众。
子舆一病至跰躚，惟有拥衾看屋栋。
时余独处复谁怜，乔木虚庭响寒哢。
蟋蟀俄惊旅舍秋，伊威颇恻幽房空。
昨君新愈幸来过，依旧雄谈间歌诵。
短袖百尺光熊熊，未出霜缣目先送。
千帆寒水下金陵，一雁秋声横铁瓮。
远思螟浦落帆还，苦怨骚人薄寒中。

旧游曾对孙登啸，新诗欲作唐衢恸。
磊落君才只自知，支离余德弥无用。
惭非大厦任栟檬，耻作小玑号游贡。
神全聊当比木鸡，德衰岂敢歌苞凤。
方今圣德足兼包，坐御共球凑居重。
南塞宣房万福来，北治匈奴一方痛。
有道未縠奚为耻，薄植乘时反足恐。
云霄未上且沉冥，幅巾步屧鸱夷从。
明朝墙角见黄花，泥酒相将一喧哄。

送子颍之淮南

忆昔去家三千里，未有交游托燕市。
当时独闻刘海峰，每把清尊说吾子。
尊府多年为贵臣，君才气更凌青云。
会稽禹穴华岳顶，胸中万里千嶙峋。
归来风月澹襟抱，势去金貂非等伦。
君爱朋交重圭璧，不恤家徒空四壁。
壮士论心天地间，往往狂歌同落魄。
去君远下沧江烟，醉卧白云天上船。
西风落叶东流水，挢首南鸿思北燕。
新知强对伤怀抱，未若平生故交好。
海峰老隔黄山云，见子依然蓟门道。

雄才应勒万里勋，收身岂厌五湖岛。
但愿为龙我作云，对子玉颜长不老。
千里淮南云水昏，几人流落怜王孙。
平生志意讵如此，离绪茫茫何可论。

获嘉渡河

河北山形压天半，左挟军都东海岸。
云腾风掣到河阳，二千里馀青一断。
我来经过卫州西，云巘回头百回看。
竹林亭立明玕清，原泉飞下珍珠散。
想见幽人尚考槃，安得同归脱羁绊。
北风忽出白陉口，吹渡秋河百川灌。
山川聊供中流喜，舟车顾有知津叹。
西南广武数峰来，屈指英雄几更换。

登黄鹤楼次补山韵

夷陵西望巴山连，大江出空如堕悬。
奔流一抹蹙沧海，大别黄鹄横障天。
导江至此一夹束，潆洄衣带高楼前。
忆昔赤乌始筑邑，凭轩雷鼓空江填。
此间开势自明远，钓台樊口谁能贤。
一朝金雁瘗吴郡，何殊繐帐临漳川。

高楼千载几兴复，传芭士女徒哀怜。
因山命名义自当，俗说讵可丹青传？
虞翻地下应大笑，孰逢黄鹤骑飞仙。
我闻谯郡戴仲若，往往野服从鱼畋。
仙人毋乃即此是，惜哉林壑空苍烟。
农部腹中有武库，瘴乡幕府常周旋。
冞入深穴缚虎子，欲效左手如羊牵。
正当千里纵黄鹄，岂将一渚从栖鸢。
嗟余年往道亦废，顾思暇豫偷安便。
陪君欲鼓潇湘柁，湖南未到秋云边。
汉口暮见楼雉影，江风晓踏蛟龙涎。
晴空孑孑上反宇，天幕澹澹垂重渊。
无心坐见白云灭，屹立惟有苍山坚。
人间万事不须说，跂足当楼聊醉眠。

销　　暑

古木阴能大，空墙日亦幽。
风丝垂缢女，雨蔓长牵牛。
尚友诚多逊，离人庶寡羞。
暑窗深竹韵，危坐与神谋。

鹫　峰　寺

寂寂青溪水，萧萧祇树园。

江潮春入郭，海月夜当门。
银杏风前活，金容世外尊。
陈隋销落后，来听道人论。

古　意

青柳高楼白马驹，五陵春醉酒家胡。
君家新市长安少，臣里佳人楚国无。
在下顾为莞蒻荐，与郎侬作博山垆。
东风门外蘼芜晚，更折瑶华向路隅。

金陵晓发

湖海茫茫晓未分，风烟漠漠棹还闻。
连宵雪压横江水，半壁山腾建业云。
春气卧龙将跋浪，寒天断雁不成群。
乘潮鼓楫离淮口，击剑悲歌下海濆。

过汶上吊王彦章

杨刘兵度大梁危，饮泣犹当奋一麾。
乱世鸟飞难择木，男儿豹死自留皮。
天连白草横残垒，日落阴风拥大旗。
莫问夹河争战地，浑流徙去黍离离。

夜起岳阳楼见月

高楼深夜静秋空，荡荡江湖积气通。
万顷波平天四面，九霄风定月当中。
云间朱鸟峰何处？水上苍龙瑟未终。
便欲拂衣琼岛外，止留清啸落江东。

送朱子颍

文笔人间刘海峰，牢笼百代一时穷。
别来书到长安少，死去才令天下空。
传说足疲登陟罢，尚应舌在笑谈雄。
君怀师友频邮置，消息淮南几次通。

出金陵留示故旧

又向青溪十日留，依然双阙望牛头。
交游聚处思移宅，衰病行时爱棹舟。
萧寺风多长似雨，后湖烟澹总如秋。
摩挲老眼僧书内，不为兴亡作泪流。

别梦楼后次前韵却寄

送子挐舟趁晚晴，沙边暝立听桡声。

百年身世同云散，一夜江山共月明。
宝筏先登开觉路，锦笺馀习且多情。
馒头半个容吾与，莫道空林此会轻。

夜抵枞阳

轻帆挂与白云来，棹击中流天倒开。
五月江声千里客，夜深同到射蛟台。

山　　行

布谷飞飞劝早耕，春锄仆仆趁初晴。
千层石树通行路，一带山田放水声。

出　池　州

桃花雾绕碧溪头，春水才通杨叶洲。
四面青山花万点，缓风摇橹出池州。

论书绝句

裙屐风流贵六朝，也由结习未全销。
古今习气除教尽，别有神龙戏绛霄。

莫愁湖棹歌

春光易尽是湖涯，桃李成阴柳作花。
和雨和烟千万树，不知谁是莫愁家。

游人散尽渐乌栖，惟有渔舟半隐隄。
一曲棹歌明月上，凄清风露女墙西。

李仙枝

李仙枝（1733—1796），字宝树。龙城山李氏，世居龙城山下（今枞阳县白湖乡）。乾隆间诸生，从刘大櫆学，著有《抱犊山人诗集》。

短歌行

尘劫茫茫，乾坤浩浩。壮士幽怀，惄焉如捣。（一解）
鹤困于筱，蚪蟠于泥。短翼细鳞，山海任之。（二解）
志与愿违，愁与日迫。黄河可清，黑头已白。（三解）
秕糠何用，簸扬维箕。镆铘镊履，乃不如锥。（四解）
言有金丹，缄之骨髓。长生难期，神仙几死。（五解）
来日苦少，去日苦多。昨日今日，对酒当歌。（六解）

秋夜感怀

夜深随月步，悄立大道旁。
持杯影与立，影高一丈长。
徘徊在千古，千古正苍茫。
壮士当秋愤，穷士当秋伤。
拔剑舞婆娑，顿欲裂青缃。

功名在万里，何为守虚堂？

拟　古

灼灼宅边桃，拂拂墙阴柳。
春日布阳和，夭斜当户牖。
荡子滞天涯，孤负家园久。
花无百日芳，人无百年寿。
花时人不看，花落将谁咎？

食梅讵不酸，食蓼讵不辛？
君子有远志，志士岂忧贫。
颜生居陋巷，子夏衣悬鹑。
人生有定命，荣枯如转轮。
奈何慕势者，馀光希照身。
一旦拂心意，弃之若埃尘。
不见严子陵，独钓桐江滨。

火炽因高滋，膏尽火斯灭。
井渫见泉上，泉涸井亦竭。
虽有猛虎力，难入蚁门穴。
奈何重千钧，一发垂不绝。
人生天地间，奄忽如电掣。

何用求万全，终身形卼䠐。
栩栩蝶与庄，梦中无由别。

挥酒不欲饮，进馔不能食。
童子问何为？我心有所忆。
忆君如行云，东西安可测？
君心在我心，郁郁情何极！
我心匪君心，区区恨未识。

岁 荒 叹

火龙千里当空翻，赤精射地草木髡。
陂塘涸竭龟兆坼，细虾大鱼逃无门。
栽禾已过五月节，秧马犹悬农父室。
新谷何来旧谷空，日望云霓眼流血。

山 馆

宵深寒气重，山馆剧凄清。
夜月猿僵卧，秋萤鬼拥行。
推窗惊鸟梦，倚枕辨蛩声。
寂寂孤灯烬，匡床已二更。

疏枝春

疏枝春（1742—1810），字玉照，号晴墅。石溪疏束氏，世居边家山（今枞阳项铺镇石溪），父迁黄家清越楼（今属枞阳县钱桥镇官青）。受学于刘大櫆、姚鼐，以诗补廪生，著有《三十六峰草堂诗集》《晴墅诗钞》等。

采石三元洞

我怀沅芷泛湘萍，来吊天边旧酒星。
山作螺旋生古黝，洞穿江底出深青。
参辰入座朝元宰，风雨空坛走百灵。
莫问前朝兴废事，已随弥勒醉忘醒。

落　　花

高阁帘垂客去遥，寻花多在可怜宵。
空填旧院荒苔径，愁过残红断板桥。
化作春泥沾燕垒，半成香雾葬寒潮。
分明浩劫当前现，不用临风舞翠翘。

枞 阳 渡

昨夜雨兼风，烟涨满溪绿。
人影忽过桥，僧寒拥蓑笠。

许 镄

许镄（1746—1809），字曙声，一字文芙，号问皋。黄华许方氏，世居黄华里（今枞阳官埠桥镇）。乾隆庚子举人，历任湖南安福、安仁、会同县知县。

咏晚香玉

皎洁真如玉树枝，贮将瓷斗恰相宜。
花开九夏原非早，香放三商更喜迟。
爱尔似当才老日，惊人多在梦醒时。
古今晚节同珍重，休以怀瑜怨莫知。

偕杨米人司马春游

半间茅屋野人家，门外东风一树花。
过客莫嫌春意少，为留馀地种桑麻。

陈家勉

陈家勉，字滋凫，号策心。世居枞阳镇。乾隆间诸生，从刘大櫆学，著有《策心诗草》。

登鸡鸣山望后湖

城里青山城外湖，登山湖水见城隅。
山鸡角角鸣高树，水鹤翩翩下绿蒲。
艇傍荻洲斜日淡，波环渔屋暮烟孤。
搔头欲向山僧问，采到秋菱可绘图？

山　　斋

喧市鱼盐枞水滨，山斋独淡薜萝身。
笑谈入梦怜新鬼，风雨销魂忆故人。
伏案书于何日饱？探囊诗较去年贫。
无聊一吸浮蛆瓮，秋夜狂歌醉里春。

秋夕见雁感兴

一过雁影掠澄潭，嘹唳声声秋意酣。
羡尔弟兄无恙在，芦花烟月到江南。

吴巨珩

吴巨珩，字儒怀，号白岩。居枞阳镇。乾隆时国子监生，善书法，著有《振雅山房集》。

紫霞关

朝日出，暮日入。
仙人炼丹九转成，口中丹气相呼吸。

江行

秋色竟如何？秋风江上多。
青山两岸出，黄叶一帆过。
采石余残霭，天门起夕波。
荻花萧瑟甚，烟外有渔歌。

秦淮夜泊

系缆青溪红板桥，何人桥上自吹箫？
消魂潮落潮生夜，画舫银灯梦六朝。

童先登

童先登，字诞夫，号晓坡。枞川童氏，世居枞阳镇。国子监生，著有《沧远堂诗草》。

莲池新涨

夜雨失村路，连畦皆水云。
苹花不堪采，鸥鸟自为群。
我欲呼渔艇，相将荡夕曛。
美人在何处？一望碧氤氲。

秋浦晤从侄滨麓

人生岂常好，岁月易蹉跎。
六载一相见，百年会几何？
故乡凭梦到，浮世恨身多。
明日又云别，当尊聊醉歌。

由潜山之郡道中作

吴楚苍茫一望分，重来立马踞高原。

万峰云气浮天柱，九派涛声落海门。
啼鸟夕阳三祖寺，桃花春雨二乔村。
十年憔悴城东路，漫指单衫忆旧痕。

许节

许节，字宝符，号信庵。黄华许方氏。乾隆间贡生，官英山县训导。卒年九十二岁，著有《鸡肋》《思闻》等集。

风鸢

人巧由来夺化工，高飞不必羽毛丰。
天衢纵与凡尘隔，云路能教线索通。
垂翅只愁榆荚雨，振翰还藉柳丝风。
蟠泥升汉须臾事，都在儿童掌握中。

采茶竹枝词

梨花渐白柳犹黄，春到山村草亦香。
岭上茗芽三万树，冻雷一夜长旗枪。

许　准

许准，字次安，号莱庵。黄华许方氏。嘉庆戊午举人，官丰县教谕。

登镇海城楼

薄暮望依稀，秋光入座微。
远峰催月上，残雨过江飞。
树密遮樵径，烟轻覆钓矶。
楚吴相壤接，风送一帆归。

天台心如庵题壁

天台高踞九华端，绝顶摩崖此大观。
赖有云烟扶我上，不知呼吸问天难。
千峰白放三更晓，万壑阴生六月寒。
松下老僧能款客，黄精紫菊劝加餐。

朱雅

朱雅，字歌堂，号芥生，一号岑南，家枞阳镇。乾隆甲寅恩科举人。

天妃闸

雄关劈石吞寒浪，两厓束水水力壮。
更联巨木窒其中，狂澜遏壅青霄上。
捩金脱木开天阍，百万盘涡争一门。
花飞乱裂紫虚堕，雪卷怒挟银河奔。
孤舟向此喧声急，纷纷巨缆牵舟立。
漂荡万斛如鸿毛，旌竿倒卧窗棂湿。
纤流沸鼎洪排山，力与舟角高回旋。
一叶倏已挂阊阖，回看众舸深窟间。
湍波迅急此难渡，前途况复河淮注。
浊浪咆哮白马哀，春阴偃蹇黄龙怒。
却因历险心胸恢，畏首畏尾非奇才。
请看从古英雄客，都自乘风破浪来。

山　　寺

一径入深谷，松阴生野烟。
客来浓绿里，僧定落红前。
幽草腻朝露，微风飘暮蝉。
披襟还久立，山月寺门圆。

广　　州

黑浪天南涌大洋，番船金翠采霞飏。
红毛鬼子玻璃馆，赤足蛮姬玳瑁床。
乌毳织成缣烂漫，鲛珠悬胜烛辉煌。
知时更有鸣钟报，测晷无殊滴露长。

河堤夕望

万里黄河动地来，尘飞高岸野风哀。
低头不辨彭城堞，圆日冥冥古塔隈。

王灼

王灼（1752—1819），字明甫，一字悔生，号晴园，又号滨麓。北阁亭王氏，世居青山（今枞阳镇大青山村）。乾隆丙午举人，官东流教谕。性至孝，讲学穷经，自汉唐宋诸家无不穿穴贯通，而折衷于义理。著有《悔生文钞》《悔生诗钞》，所辑《枞阳诗选》，为枞阳镇第一本诗歌总集。

送邓石如归里

北风萧萧岁向阑，梅花压雪疏林寒，
归装欲整苦无计，可奈帐饮河之干。
虬髯山人邓完白，生长与予共乡国。
意气横从一日成，姓名翻怪他乡识。
他乡山水云海奇，方笻布袜供攀跻。
此间人士复不恶，把臂争与君相知。
嗟君五色之笔何淋漓，濡墨绢素生光辉。
古鼎畝云象纬逼，快剑截海蛟鼍悲。
紫琼青瑶错斑驳，绛藤翠石交撑枝。
当其得意风雨疾，岂数周之史籀秦相斯！
间为篆刻藏经篚，宝逾随珠重荆玉。
鸾绫作谱坐翻阅，雨粟横天鬼夜哭。

古人不作大雅沦，海内之士谁如君？
自言半世不称意，车马羸敝犹风尘。
雪中鸿迹此暂寄，客舍转眼年华新。
故园得归且归去，五柳无恙双桐存。
扣舷夜听石塘棹，隐几昼对龙山云。
百花新酿况已熟，春盘细菜罗甘辛。
把杯请呼心所亲，江乡风味殊可珍。
到家芳草春应绿，倘念鹅峰远隔人。

钱塘江

定包诸山金碧敷，江水溢出山盘纡。
初疑一幅素练铺，影浮青霞混碧虚。
临安城郭如画图，波流转宕东南隅。
红舷初日照芙蕖，江头荡桨倾城姝。
不歌越歌歌吴歈，乱流而渡飘罗裾。
惊飙忽起吹菰蒲，奔腾澎湃声欢呼。
势凌三江卑五湖，江涛应候若契符。
月晦及望常不谕，奇观八月尤绝殊。
海若震荡惊天吴，巨灵疾把鞭策驱。
半空声如万马趋，银山走地倾蓬壶。
蹴天峨峨千尺余，振撼坤轴摇星枢。
日月沉没青天孤，赤鲸拔浪金鬐舒。

苍螭紫虬争吐珠，飙驰电掣光有无，
采色倒射金珊瑚。
谁能入水水不濡，乘船弄潮良可虞。
当时吴越立国初，武肃神勇夸寰区。
赤羽之箭紫雕弧，机发如雨神惨吁。
力与潮角潮力楟，陡使塘岸成夷途。
沿岸云集千舳舻，帆樯向背飞双凫。
所嗟忠愤种与胥，精灵不散气郁纡。
绛衣白马旌旗朱，乘潮出入常与俱。
月黑江冷天模糊，风潮隐隐来须臾。

十二月十五夜舟中对月

桂影随蟾满，珠光晕蚌圆。
相怜惟此夕，再见是明年。
浮世多离别，欢情忍弃捐？
故园何处望？风露下江天。

折杨柳歌

送郎莫折柳，杨柳丝已齐。
但恨系侬心，不系郎马蹄。
大堤多柳枝，侬家大堤曲。
生憎旧折痕，春来发新绿。

张敏求

张敏求（1771—1845），字燮臣，号勖园。连城张氏，世居连城湖畔（今枞阳县官埠桥镇）。乾隆乙卯恩科举人，实录馆校录。历任江苏奉贤县、甘肃漳县知县。著有《问花亭诗集》十卷、《研京堂杂著》六卷等。

牵　船　夫

高樯大纛者谁子？铙吹喧腾极奢靡。
云是大吏赈灾回，大船藏载江之涘。
县吏持邑符，齐集牵船夫。
牵船力薄风力驶，县吏鞭之闻号呼。
吁嗟县吏尔勿鞭，百夫屃赑船不前。
中有百万饥民钱。

岳　鄂　王

郾城分道战旗开，强虏猖狂势已摧。
北寺不成三字狱，中原定见两宫回。
班师共恨群奸计，报国空伤大将材。

此日西湖忍回首？六陵风雨暮鸦哀。

湖 上 曲

郎采南湖莲，侬采北湖荇。
中流好风生，吹与郎船并。

泊 采 石

李白骑鲸何处游？开元山色尚悠悠。
一千二百年前月，又照行人夜泊舟。

江有兰

江有兰（1800—1871），字怡之，号待园。枞镇江氏，世居枞阳镇。曾国藩荐举黟县教谕，不就。诗承刘大櫆、张敏求，有诗七卷未印行。

飞 来 峰

峰从何处来？复向何处去？
爱此清净场，蜿蜒略一住。
悠悠成古今，寂寂自朝暮。
我来问道因，落花迷前路。
飞泉洒晴空，顷刻变云雾。
山僧来告余，林端月华吐。

一 春

一春风雨惜离群，黄鸟声声不可闻。
几度出游思载酒，空山落日忽逢君。
绿杨风起千村雪，远岫人归一片云。
最好夕阳溪上水，双双鸂鶒浴波纹。

吴宝三

吴宝三（1838—1889），字康之，号鞠隐。高甸吴氏荣华股，世居吴刘庄（今枞阳县会宫镇），吴芝瑛父。少孤，随叔父生活。历官宁阳、禹城、蒲台、武城、章邱知县。归里后建鞠隐山庄，遗命将遗产捐办学校。著有《鞠隐山庄遗诗》。

排 闷

摩空独得气之清，吾葆吾贞漫计名。
宝剑不灵愁侠客，文章憎命悔书生。
尘心若水渐于淡，世事如山总不平。
功狗功人天各定，非关触战与蛮争。

晓发赵州桥

万木萧疏卷朔风，宵来关塞惜征鸿。
晨光先透霜天白，云气初蒸海日红。
群马扬尘过冀北，一官问俗到齐东。
书生结习英雄胆，收拾廉明化理中。

舟行见滨河被水情况感赋一首

乱山叠叠水茫茫，江上峰青似故乡。
回首田庐滋太息，破帆风雨渡流亡。

吴汝纶

吴汝纶（1840—1903），字挚甫，一作至父。高甸吴氏荣华股，世居吴刘庄（今枞阳县会宫镇）。清同治三年举人，次年进士，授内阁中书。曾国藩慕其才，留佐幕府，为“曾门四大弟子”之一。先后任深州、冀州、寿州知州。后弃官从教，任保定莲池书院山长。光绪二十八年，清廷诏办大学堂，为京师大学堂总教习。同年五月，赴日本考察学制，成《东游丛录》。晚年寓居安庆，筹建桐城学堂，自任堂长。光绪二十九年春，病逝于故里。吴汝纶道高学博而有文章，尤以经世济变为亟，是一位兼通新旧、融合中西的人物。生平著述颇丰，合刊为《桐城吴先生全书》，皆行于世。

马通伯求见张廉卿以诗介之

张子濡大笔，淋漓坐小阁。
客来漫谢去，吾公在壑谷。
高歌泣鬼神，俯唾生珠玉。
当其得意时，马扬不能独。
惜无好事人，至言不胜俗。
吾徒有马生，暗室夜求烛。
若令扫公门，籍湜傥可续。

寄声作傧介，此诺吾已宿。
忽忆求阙翁，匠门斩散木。

汪菊坡名如金持示刘海峰赠其大父汪宝书先生诗册乃海峰手迹属为题跋时客济南作七古一首

乡邦文献天下宗，老刘诗语尤瑰雄。
晚作枞阳老祭酒，儋何绝学开鸿濛。
汪侯岂是姚王侣，赠句自写银钩工。
私印荧荧署老翁①，问君那得垒块胸？
佞谀今古一邱貉，于人何事烦诛攻。
区区贾谢谁齿数，伊吕亦会时命通。
百年太平盛文物，梁栋先后百十公。
双凫乘雁能多少？五鼎半菽将毋同？
不如文采照后昆，收藏片甲皆虬龙。
又恐残墨有剥蚀，终古复灭随云风。
古人已抱不传死，嗟岂糟粕能为功！
我过枞阳吊耆旧，欲访手迹知无从。
兵灾摧残见此本，恍游东序窥钟镛。
泰山豪芒慎守宝，当今一线延无穷。

原注：

①卷有印章，文云："老翁何所求。"又卷后自署云："时年七十有五。"

次韵李佛生

投绂飘然远世情，当年三十已专城。
无端云雨手翻复，坐使沧浪歌浊清。
天上黄河犹可塞，胸前五岳岂能平！
新诗和罢才难继，侯喜于今颇有声。

赴本田种竹之招种竹有七律二首又叠诗先韵五律二首席间次韵和其七律

百尺碑亭倏已空，多君留影记乾隆①。
旧巢痕扫同苏子，破屋风欺见杜公。
登岳旧知天下小，回澜看障百川东。
老逢知己歌悲壮，对酒犹能气吐虹。

东海诗风有旧专，莫论王后与卢前。
珷玞共玉不同价，鸡犬随家尽可仙。
画革傍行应欲遍，高文大册已无缘。
百年何用伊川叹？且拨闲愁醉此筵。

原注：

①种竹出示在保定时所藏御碑小影，旁有乾隆年号。

题姚伯山木叶庵图

宦成归作湖山主，老木萧萧荫满门。
请剑除奸前日事，罢官还犊去时恩。
白云终古留前岭，黄叶江南失旧村。
一幅画图无限感，百年遗老几人存？

秋风江上逢君弟，话旧衔杯一惘然。
辛苦城南犹有宅，桑麻杜曲已无田。
父书盈尺今谁读？兄鬓如丝宦不迁。
家世诵芬知未坠，士龙应住屋西边。

抵冀州

秋花犹发去年丛，不见题诗病阿同。
落笔岂论千载后，弥天今在一棺中。
郊畿池馆娟娟好，西域医僧数数通。
独有九京扶不起，泪河迸血洒晴空。

海上

冷露凄风送旅魂，一船同卧死生分。
极知万古均斯恨，可奈中涂失此君。

秋老霜天横断雁，悲来勃碣拥颓云。
草堂检校何人事，他日吾归窟子坟。

日本梅原融为其国文学寮教授英文寄其近作诗十许首却寄

昔闻晁监挂帆东，摩诘新篇入楮中①。
遂使国人能汉语，到今诗句有唐风。

凿开浑沌传新业，掣出鲸鱼策圣功。
八海翻澜一词客，万言杯水为谁雄。

原注：

①王右丞有送秘书晁监归日本诗。

陈澹然

陈澹然（1859—1930），字剑潭，号晦堂。仪山陈氏，世居东乡黄泥山（今枞阳县汤沟镇仪山）。清光绪十九年举人，授资政大夫。历任袁世凯总统府高等顾问、安徽通志馆馆长等职。澹然狂放不羁，为文不守桐城家法，人称“狂生”。治学独辟蹊径，言文合一，不盲从旧说。其《迁都建藩议》云：“不谋万世者不足谋一时，不谋全局者不足谋一域”为世人传诵。著有《江表忠略》《异伶传》《万国公史议》《王文成公年谱》等。

答石遗（选三首）

少小慕奇侠，长怀漆室悲。
独怜病母忧，江表时逶迤。

莽莽江汉间，曹刘争霸地。
异人久不作，世乱吾焉寄？

丈夫贵树立，敝帚复何贵。
潦倒偶狂歌，聊发雄怪气。

拟古

屈子沉汨罗，终古江流白。
生死安足论，孤怀聊自适。

夜坐

空山何寂寞，但听松声寒。
出门见明月，方知天地宽。

落地归

为赏江南月，来游到此间。
取将三寸管，摇动六朝山。
秋水一囊满，清风两袖还。
英雄虽失路，不效步兵狂。

吴 樾

吴樾（1878—1905），字梦霞，一作孟侠。高甸吴氏保庆股，世居高甸。年廿四北上，吴汝纶荐往保定办差，后入保定高等学堂。目击清政府腐败，遂生革命思想。创办两江公学和白话报，自任教师和主笔。当五大臣出洋考察时，樾怀揣自制炸弹上火车，不料火车启动炸弹猝发身亡，并伤两大臣。著有《吴樾烈士遗书》《血花诗集》。

洛 阳 行

洛阳伟业不复见，夕阳停马生悲叹。
东瀍西涧南洛北伊河，几朝宫阙于此建。
歌舞楼台今若何，可怜荆棘埋铜驼。
空馀青史至今在，美人豪杰双蹉跎。
北邙之上悲风起，沧海桑田变不已。
繁华如梦竟成空，我来惟怨东流水。

方卧羲

方卧羲，桂林方氏，世居义津。清咸同间廪生。

双溪竹枝词

郎家住在浮山麓，妾家门外凸山高。
两山相峙百馀里，中有相思路一条。

新塘竹枝词

圩外长河圩里田，家家惯弄打渔船。
提罾跳版和篮子，棹入芦花夜不眠。

篱笆壁子巧安排，绕屋扶疏柳色佳。
客至不须愁酒少，斗门前是破罡街。

疏继广

疏继广，字席珍，一字儒亭，号汉卿。石溪疏束氏，世居边家山（今属枞阳县项铺镇）。清同治初从李鸿章，后署朝城知县，以直隶州知州在任候升，后归里。著有《边家山房诗文钞》《儒亭诗草》等。

登大观亭

翼然高耸接天齐，黄鹤楼东太白西。
楚尾吴头三百里，江山都为此亭低。

吴芝瑛

吴芝瑛（1868—1934），字紫英，晚号万柳夫人。高甸吴氏荣华股，世居吴刘庄（今枞阳县会宫镇），吴宝三女，无锡廉泉妻。擅书法，初学董香光，继宗北碑崔敬邕墓志，瘦硬通神。清末随夫客居北京，与秋瑾交甚深。瑾死，无人敢问，芝瑛独往厚殓，葬之于西湖，并筑“悲秋阁”于苏堤第一桥畔。

挽秋瑾女侠诗简寄尘五律二首

昔日同游地，今朝来哭君。
百年谁不死，三尺此孤坟。
时事那堪道，英灵自有群。
行人痛冤狱，掩泪话殷勤。

碧血千年事，悠悠那足论。
此心天可白，一死我何言。
玄酒空山奠，孤亭落日昏。
旧交三两在，谁与诉烦冤。

从　军　乐

大哉中国岂无人，一怒能教四海惊。
蠢尔蛮荆休窃笑，请看今日少年军。

绝塞飞登下朔荒，黄河万里渺茫茫。
路无山水遮行进，好个男儿驰骋场。

炮兵守后骑兵先，步卒横抄曲水边。
万颗弹花飞不住，轰成天地黑如烟。

将军布阵若游龙，出没无常变化工。
十万轻骑横扫去，胡儿血染战袍红。

凯旋门外歌声震，大厦将倾拼命撑。
阿母对儿欢喜说，做娘心愿至今偿。

哀　山　阴

爰书滴滴哀民血，能达君门死亦恩。
今日盖棺论未定[①]，轩亭[②]谁与赋招魂。

天地苍茫百感身，为君收骨泪沾巾。
秋风秋雨山阴道，太息难为后死人。

原注：

①浙江人对于此狱，独无清议，是可异已。

②秋瑾烈士牺牲于绍兴轩亭口。

西泠吊鉴湖女侠

大樽放歌尔如何？回首江亭老泪多。
今日西泠拚一恸，不堪重唱宝刀歌。

忍忆麻衣话别时，天涯游子泪如丝。
独看落日下孤塚，别有伤心人未知。

独荐寒泉证旧盟，可堪生死论交情。
罪名莫更天涯问，党祸中朝尚未平。

不幸传奇演碧血，居然埋骨有青山。
南湖新筑悲秋阁，风雨英灵倘一还。

梁溪秦歧农为作西泠悲秋阁图而鉴湖之墓已平遗骨由乃兄归葬山阴感赋二绝句以当一哭即书图尾

风雪渡江去复还，故乡归骨为兄难。
挑灯漫记山阴狱，恐有冤魂泣笔端。

杜鹃啼血土花新，海内争传法外仁。
莫向西泠桥上望，更无风雨亦愁人。

与南湖同访慧殊道人不遇四首

十年契阔尔何求？潭柘莺花不解愁。
闻说能文兼好武，剧怜家世本凉州。

天竺归来不可招，空馀烟水思迢迢。
钟声隐约斜阳外，知在西泠第几桥？

道是红羊劫外身，故宫回首泪沾巾。
芒鞋踏遍孤山路，满眼梅花不见人。

到处逢人说慧殊，岳坟西去老菰蒲。
伤心莫问前朝事，碧海于今有鉴湖。

李光炯

李光炯（1870—1941），名德膏，字光炯，晚号晦庐，以字行。峡山李氏，世居黄龛（今属枞阳镇）。清季举人，曾随吴汝纶赴日本考察教育，回国后应聘在湖南高等学堂任教，后在长沙创办安徽旅湘公学。光复后，任安徽都督府秘书长，继任安徽省立一师校长。晚年专注教育，在家乡创办宏实小学。抗日战争爆发后，避难四川，后病逝于成都。著有《屈赋说》《国策札记》《阮嗣宗诗注》《阮嗣宗同时诸人事略考》《楞严经科会》等。其女李相珏辑为《晦庐遗稿》。

丁巳正月自枞阳归宿湖上忽忆槃君丈前月雪中过访用集中游潘木厓先生河墅韵奉寄兼题凌寒亭

我行殊未遥，只影适莽苍。
暝色隐寒山，黯黮[①]将焉仰？
稍待圜景升，顿令微明长。
妄动古所戒，熟路迷榛莽。
已迫蒋径仄，始觉沙堤广。
昨共庞公游，清梦犹惝恍。
烟尘满天地，对雪神一爽。

空宇正寥寥，大山复朗朗。
跫然足音至，风竹摩清响。
孤鹤舞寥天，清唳落尘块。
昔贤赋山鬼，孤怀寄魍魉。
夫子屈宋徒，精灵通肸蠁。
发匣示新诗，使我怀畴曩①。
窈窕滴翠轩，娱嬉自吾党。
亡没宿草生②，存者今安往？
惟独老祭酒，风雅赖宏奖。
寂寞草玄亭，梅花荫闲敞。
何当载酒来，孤芳期共赏。

原注：

①初设芜湖公学，赠诗有“杳瞑云容山鬼泣，迢遥蚕路蜀丁开”之句。近偕阮仲勉先生游滴翠轩见怀诗云：“往事云龙追逐时，重来忽是十年奇。掉头不住思巢父，一舸沧江理钓丝。”滴翠轩在芜湖赭山寺中，是山谷遗迹，吾尝习静于此。

②谓邓挹园先生。

孙君闻园创设县公园范土作地图形引溪流作海为赋长句时戊辰夏五月客鸠江职业学校

龙眠山下清溪水，膏渟黛蓄千年在。
是谁始引入城来，幻在人间大瀛海。
海水群飞功德轻，奔流何似在山清？
何时同向源头往，细听椒园夜雨声①。

原注：

①椒园听雨，闻园为东道主，是甲子暮春事。其境至清，惜领略未深，匆遽离去。米书有入山之志，因之兴发重游。人事好迁，正恐难偕，姑存是心，以待后缘，愿无忘斯约也。

早川新次君将归国予先有湘省之行临别索诗嘱赋并兼呈方槃君暨学校诸友

谁道神仙不可求？蓬莱佳处昨勾留。
星冈月色无今古①，江岛涛声变夏秋②。
万卷嫏嬛名士笔③，一樽风雨故人楼④。
海山别后成连杳⑤，更向何人说壮游！

原注：

①星冈两会凡数十人，森槐南、安井小太郎，先后为主人。

②江岛之游，龟井忠一为主人，吴先生常谓此行最乐。

③名领教育博物馆图书甚富，尝导余往视，又购求古书数种。

④直隶邢廷客君所，余与汝江冒雨访，邢为置酒楼上，同饮凡六人。

⑤归后不及四月，吴先生遽逝。

桐城熊本几千里，挟策担书客鼎来。
两海东西接文化，百年雷雨想人材①。
长风巨浪浑无际，白日浮云总未开。
山泽深沉奇士在②，乾坤潦倒腐儒哀。

原注：

①君开学演说，以桐城、熊本并称。日本维新名人，多出熊本。熊本，人才之渊薮也，君熊县人。

②近世胜流多空言贾祸，于世无补，反与旧党口实，愿诸君子一洗此耻。

孤山林处士墓杂咏十首

闻道孤山已不孤，白云欲散鸟惊呼。
冷游独听舟人笑，细雨斜风问老逋。

葛谢才名世所宗，衡门情味为谁雄？
等闲梅鹤平章了，清坐哦诗睨二公。

庄吓扬嘲事偶然，幽居先办此心闲。
咸平景德无多事，如此湖山未解颜。

修到梅花福亦齐，芳亭零落草萋萋。
东邻有女防伊妒，咫尺苏娘似小妻。

未似周愚讵足奇？向来怕读北山移。
沮如擘粒终何有？多恐寥天鹤怨饥。

茅屋牵萝感使君，可能安道类嘉宾。
叩门一饭曾何碍，轻薄王先也笑人。

林密山深意有馀，溪桥天竺又何如？
迷津是处仙源杳，枉索枯龟赋卜居。

梁生死傍要离塚，陶公生著荆轲诗。
古来高士爱雄鬼，此意问君知不知？

遗草区区数茂陵，高言落落见深情。
平生懒漫兼多病，未必文成似长卿。

呼吸湖光向十年，轻舠来傍墓门前。
草堂新笋刚成竹，归钓槎头缩项鳊。

戊辰九月与槃公同游花山浮山别后寄题首楞崖洞中棋盘石七言绝句中方寺五律属和次韵奉寄兼简旅省乡县同人君实诸师友（选一）

入洞敲枰复几时，野航秋水足娱嬉。
掀髯一笑寒天碧，又看群儿一局棋。

唐雨梅

唐雨梅（1872—1950），名尔炽，字雨梅，一作庚梅，以字行。画山唐氏，世居会里（今枞阳县会宫镇）。终生从教，历任安徽公学、桐城中学、北京民国大学、奉天同泽女子中学教员。九一八事变后南归，先任塾师，后在浮山中学、桐城中学任教。1949 年后回会宫老家闲居。著有《澹乐轩诗稿》《澹乐轩文稿》等。

游枞阳近市诸山

枞阳古汉县，天下佳山水。
登临一以眺，在目可多喜。
钱刘昔讲学，崭然森壁垒。
二方髫龀年，读书亦兹市。
孰为北山楼①，四望亭②徒址。
莲池③尚依然，水清而不驶。
平生燕赵客，鞅掌风尘里。
华颠始归来，授经今在此。
低徊慕前人，前人亦已死。
今古不相接，抱恨或同耳。
缅怀前辈风，一时盛文史。

姚王既传衣，陈张亦进履。
今世用西学，古道谁复齿？
人事厌旧闻，天时失常理。
前年水入市，濯濯无桃李④。
惟有好山川，茫茫接江海。

原注：

①钱田间北山楼其址不知所在。

②海峰四望亭今不在。

③莲池昔为望溪世业。

④大水后枞阳一市无花。

莲花池观莲花

莲池枕山市，有闸通过潮。
时至五六月，熏风卷惊涛。
绝岛峙中流，仿佛孤山高。
昔有万荷花，窈窱绽红包。
刘王陈张辈，鼓枻吟风骚。
一时盛文誉，风流接戴姚。
人世巨变化，今昔不同曹，
荷花铲地绝，鲂鲤东西跳。
迤西清水湾，八九芙蓉摇。
斜阳向此来，猎猎荷风飙。
楚娃着绛纱，越女被红绡。

对此捋髭须，愁思涌迢迢。
狂风勿摧折，留取入吟毫。

过枞阳

我家枞阳北卅里，年年橐笔涉枞水。
枞水西来入大江，江上奇峰白鹤起。
池荷湖藻灿云霞，岳色江声接屏几。
他乡异县尘土怀，每对故山辄心喜。
山川弹压需人文，钱刘于此谈经史。
递传衣钵王与张，四马六马车连轨。
于今白鹤山前望，射蛟惜阴俱可指。
伊谁更嗣钱刘踪，坐啸江上屣青紫？

酬方槃君

枞阳天生山水窟，青山偃蹇映华发。
钱刘于此衍风骚，门下才华各清发。
老刘弟子有王张，惜抱轩外亦称强。
文彩至今照人目，四方过客式其乡。
我今到此谁与偕，春风引领龙眠涯。
回首盛唐山下聚，每闻妙语令人咍。
共君并世生同里，眼中故人犹有几？
公真何日肯颁来，到处携持方与李。

游幕旗山野庙

幕旗山高五尺天，势如骏马奔平川。
暮春三月花如烟，扶藜直上山之巅。
半岭岩阿庙一椽，赫然财神坐中权。
大士居左共几筵，五鬼狰狞右随肩。
尊卑颠倒堪涕涟，万目睽睽志金钱。
瓣香钱神走乞怜，二三女冠来坐禅。
不识朱衾奉金仙，我有足疾今新痊。
十里五里能勉旃，凭高望远思渺然。
空山无心期偓佺，归路芳草软于绵。
渔翁荡桨罾在船，多牛岸上不施鞭。
白鹤依依杖履前，大龙冉冉斜阳边。
青天澹荡双飞鸢，故乡一壑今能专。

七月十五射蛟台观河灯戏作

人祸天灾无处诉，可怜犹怕鬼神怒。
循例焚香爇纸钱，火光惊起双飞鹭。
大河曲曲张水嬉，鱼凫万点争飞驰。
射蛟台上一登眺，五光十色明须眉。

是夜月光净如洗，纤云四卷天万里。

灯光月色两堪娱，定知鬼亦跳踉喜①。

原注：

①是夜月明，平生仅见。

与啸松泛舟獭湖至渔篷啖鱼夜宿啸松家

亭子山前是獭湖，翩翩乘雁与双凫。

渔家落日皆悬网，鲜鲫堆盘胜脍鲈。

皎月凭轩光泼目，严霜归棹冷侵肤。

此身无计江边老，聊向君家梦越吴。

望小缸窑峡口

青山断处大河流，峡口才能并五舟。

雪浪悠悠如放箭，风帆片片不惊鸥。

下通沧海谁争往？上溯团亭我正求。

已约故人黄菊节，招提两岸共寻幽①。

原注：

①湖内有菜籽湖名团亭，左有天峰庵，右有中方寺。

莲花池访方明善先生墓

诸山环拱独为尊，一水盈盈照墓门。
千载东林忠义气[①]，故应药地作曾孙[②]。

原注：

①先生名在东林党。

②药地，密之也，先生曾孙。

光明甫

光明甫（1876—1963），名昇，字明甫，号雪聪，以字行。浮山光氏，世居阳和岗（今枞阳县麒麟镇光家璧庄）。清末秀才，后留学日本。历任安徽省公立法政专门学校校长、国民党安徽省临时党部（左派）首席常委、安徽省抗日民众总动员委员会宣传部部长等职。1949 年后，历任安徽省教育厅厅长、文史馆馆长、政协副主席等职。著有《法治建国论》《音韵通论》《论文诗说》等。

南川三泉公园蓬莱阁为吴故将军子玉七旬诞辰公祭楚玉赋怀旧二律次韵答之

天地英雄气，峥嵘杰阁中。
精魂惓岷蜀，先烈耿河嵩。
坐啸思开府[①]，攀号拾堕弓。
周邦犹板荡，不见九州同。

成败众人论，与之一世雄。
棱棱天汉志，蹇蹇荩臣躬。
非不吾谋用，其如大命终。
感君怀旧意，东望思忡忡。

原注：

①将军善书，耽吟咏，酒酣以往，洒翰不辍。

德感场元夜观灯叠元旦均

夜永销水气，春明照火流。
江山非故国，巴蜀是皇州。
喜见月华满，那知年事遒。
看灯凋乱际，攒动万人头。

甲申江津元旦遣怀

七载巴渝水，朝朝东向流。
浑天周正月，初日古江州。
劫后惊春早，闲来觉岁遒。
不知新白发，添上镜中头。

抚五自嘉定以寿一涵六十及寄峨嵋山僧果玲诗见示次均成二律以赠并以遣怀

子规叫破晚春烟，劫后风花尚靡然。
瘴海云深横白道，峨峰雪尽见青天。
玉关人老诗为寿，莲社僧闲笑问年。
领取嘉州山水好，知君啸咏得林泉。

衣冠避地尽西来，草长江南已几回。
乱久方知诸葛少，道难还待五丁开。
漫将巴蜀称天险，可信昆明有劫灰。
留得故园松菊在，未容三径委蒿莱。

闻园自故里寄示甲申元旦诗次均并书所感

劫梦吹灰火不温，人天消息渺难论。
马乘牡牝健行地，龙战玄黄待转坤[①]。
正始遗音频叫绝，贞元感旧独声吞。
桐山东望春如许，寤寐从君到里门。

原注：

①合用《平准书》语与坤卦辞。

房秩五

房秩五（1877—1966），名宗岳，字秩五，号鲁岑，晚号陟园老人，以字行。白湖房氏，世居公堰塥（今枞阳县白湖乡公塥村）。清末秀才，早年结识陈独秀，创办《安徽俗话报》。后赴日攻读速成师范科，旋应友人邀，赴奉天任《东三省日报》主笔。因报道武昌起义事，右臂遭巡捕击折。1912 年春，主编《司法公报》。1921 年回皖，参加安徽“反贿选”斗争。后归故里浮山，致力办学，创立浮山中学，自任校长。著有《浮渡山房诗存》等。

饲　蚕　吟①

一叶复一叶，叶叶恣汝啮。
叶稀汝身肥，缠绵心不绝。

一枝复一枝，枝枝疗汝饥。
枝折汝身老，辛勤只自知。

谓汝能得人，汝胡先自缚。
谓汝善藏身，汝胡不解脱。

牵缘汝自累，苦恼汝自寻。

抵死汝无悔，羌谁鉴汝心？

原注：

①感校事作。

同李晦庐消夏浮山别后赋寄

故乡山色今犹昔，十载游踪复此经。

世乱僧随人眼白[①]，寺荒苔上佛头青。

百年息壤藏身约[②]，万壑归云入梦醒。

天外烟霞纷缭绕，思君独上望江亭[③]。

原注：

①晦庐先生到山寺，僧不延纳。

②相约归老浮山。

③妙高峰顶有望江亭遗址。

秋日由宁回皖江轮晚眺

江介悲风万里秋，苍茫天地一浮沤。

横流浩浩沉千古，残日阴阴覆九州。

几辈褰裳争彼岸，有人散发卧扁舟。

十年蓬梗嗟何事？愧对随波泛泛鸥。

不　寐

朦胧斜月入窗明，城柝凄清报五更。

四野寒鸡声断续，一镫饥鼠影纵横。
残年多病忘昏晓，冥坐安心了死生。
一事可嫌犹可羡，隔墙有客送鼾声。

挽陈仲甫[①]

纵浪人间四十年，我知我罪两茫然。
是非已付千秋论，毁誉宁凭众口传[②]？
野史亭中虚左席[③]，故书堆里绝韦编[④]。
古人菲薄今人笑，敢信斯文未丧天。

盛唐山下昔婆娑，斫地悲哀发浩歌。
舌战雄能逃竖子[⑤]，笔诛严更慑群魔[⑥]。
留人别馆三秋雨，送我晴江万里波[⑦]。
往事苍茫谁与语？侧身西望泪滂沱。

原注：

①君以壬午年五月廿七日逝于蜀之江津县。

②世人多谓君非孝，其实君事母极孝。母目瞽，每食，君必亲奉菜至母碗中。君母逝江津时，君时着麻衣，匍匐痛哭，至为其徒某非议。

③曩见有人著《中国经济史》，内夹装白纸三页，审之，皆当序君事。恐触时忌不敢书耳。

④君晚年著《石安字说》数种。

⑤光绪壬寅夏，君偕余在安庆藏书楼开会，演说辞侵某巨绅，至鼠窜遁去。

⑥光绪甲辰春，君与余在安庆创办《安徽俗话报》。

⑦光绪甲辰秋，余东渡道出芜湖阻雨，与君在科学图书馆小楼聚谈三日，行，

君亲送至江心登轮。

闻园来山出示己酉元旦长句索和依韵答之

人间今日是何年？披发空山欲问天。
众醉各谋鸩止渴，国狂争慕蚁趋羶。
转怜苌楚无家乐，忍见椒花献岁鲜。
野哭声中风雪虐，后凋犹羡柏松坚。

海宁观潮杂感

越江水碧越山青，一线银涛万马奔。
人海风波无定所，褰裳何处问迷津？

五十年来悲逝水，一千里外独登楼。
沧江也有西流日，何用余生怅白头？

吴闿生

吴闿生（1879—1950），又名启孙，字辟疆，号北江。高甸吴氏，吴汝纶子。世居吴刘庄（今枞阳县会宫镇），后移居北京。清诸生，入日本早稻田大学肄业。归国后，历佐山东巡抚、直隶总督、北洋大臣幕府，以劳晋候选知府。加三品衔，奏调度支部参议，上行走清理财政处总办。民国初，任大总统府秘书、教育部次长（代理部务）、国务院参议顾问等职。后专事教育，主讲沈阳萃升书院，以育英才为己任。闿生家学渊源，先后师事桐城姚永概、通州范当世、武强贺涛，故诗文造诣极高。著有《北江文集》《北江诗集》等。

为弟鍪讲授韩诗遂次山石韵以示

我生托命何其微，日月去若穿云飞。
闭户原思无不病，观人卜夏渠能肥？
三叹朱絃有遗调，况复歌苦知音稀。
插架万编纷在眼，晋粟那可纾秦饥？
梦想故山松竹里，清流碧嶂围柴扉。
归计欲断不得断，目极天际清霜霏。
书堂静坐有孤啸，酒阵痛斫时一围。
黄农忽兮虞夏没，焉从巢父寻披衣？

阿同十五好风范，天马不受人絷靰。
斫汝成材千万乘，菟裘有托吾其归。

次韵答姚笃生

半死树犹叶，久荒池不泉。
乱山无定日，远浦有孤烟。
寸抱宁忘世？高情欲任天。
莫留城市住，未解辨媸妍。

晚眺

四方上下雨无穷，元气浑沦托此躬。
大地忽腾斜日上，高天尽入暮云中。
人生接续成今古，世故纷争各长雄。
负气书生难自料，独将高唱倚长空。

登台有感

常时郁郁凡人里，乘兴来登百尺台。
断续长城包国固，渺漫大海接天开。
三边锋镝横身过，九级公卿唾手来。
托命乾坤宜有此，撑肠万卷枉崔嵬。

秋兴四首

七月炎蒸势未回，新秋天气一徘徊。
平田雨挟江河下，废堞风传鼓角来。
千里川原容浪迹，十年膏火滞凡才。
沧溟未见销兵气，斫地酣歌自觉哀。

渤碣传闻万橹横，三津渔唱杂夷声。
十年储蓄徒资寇，一夕耰锄欲当兵。
天意总兴唐社稷，庙谋自属汉公卿。
男儿少壮无穷事，准拟讴歌颂太平。

往者巾车谒帝都，葱葱佳气绕蓬壶。
仙璈奏曲同天乐，玉箸尝新学御厨。
万载酣嬉元不厌，八荒轩豁可长驱。
金瓯一掷危孤注，抗义谁当问剖符？

临漪亭外万花攒，十度看荷倚画栏。
尽日衣冠倾洛下，几回车马驻江干。
蓝田烟暖分青玉，碧海云空下紫鸾。
杖履追随今潦倒，杯盘回首万人欢。

张皖光

张皖光（1882—1945），字孝生，号啸松，晚号镜湖翁。拔茅张氏，世居会宫拔茅山。清季诸生，先为马其昶、方守敦家塾师，后在乡里授徒，浮山中学教员。著有《乐真堂诗文集》《中国历代帝制世系考略》《甲子纪元》《他山诗集》。

雨梅以会宫谣见赠次韵答之（有序）

雨梅在省垣作《会宫谣》寄赠。以余考，会宫，宫当为公，谓虽有是说，究不若《尔雅》大山宫训之为雅。余以为山川土地原无定名，但前此既有此名，生于斯长于斯者，则断不可没没不知；已既知之，有不知者即应以告。此余《枌榆歌》之所以言及之也。考戴郎中完《会公涌壁碑记》，及余天时《会公桥题记》，文与石刻俱在；又《安庆府志图》，会公朱姓老谱，皆称会公，后来易公为宫者，或如雨梅所云，沿袭既久，知之者鲜。以雨梅之淹雅，岂有不知？奈何不以告人，而令居吾里者致有数典忘祖之诮耶？因次韵以答之。

繄我会公里，何人易作宫？
宫训虽云雅，实乃马牛风。
沿袭既已久，只可两相从。
所以读书人，正伪宜兼容。
胸中有定是，方可造极峰。

惟有舆地学，纷更难专崇。
山川终不改，名号因人封。
先生好雅训，武断似切葱。
斩根而撷华，曷不为沟通？
公官分先后，此说庶执中。
百年见三老，一笑喜相逢①。
吾邑如先生，盖已有两公：
枞川王子翔，烂漫诗句工。
双溪陈剑潭，夙以文章雄。
王氏恶野猫，今称也妙龙②。
陈氏恶黄泥，凤仪写玲珑③。
先生好雅训，敢谓将毋同？
愿言姑舍是，还与庆年丰④。

原注：

①戴郎中记：裴、郭、阮三公板桥说法，人因称为会公桥。

②王氏祖居安凤岭，近地有野猫窿，人称野猫窿王。近王氏修家谱，子翔改称也妙龙。余更考安凤岭街，则实为安坟顶街，在安姓坟顶，其地并无岭也。

③黄泥山在桐东，陈氏居之，人称黄泥山陈氏，剑潭改为凤仪山。

④雨梅来函极乐，今岁上稔。

春晴与姚贻谷出城西登求雨顶晚眺

四面风光满目收，寄怀天峻与君游。
白衣乱叠浮云散，绿带纡回曲水流。

余霭南飞辞北岭，夕阳西下射东楼。
一声长啸城烟晚，好景谁描忆十洲[①]。

原注：

①是日看仇十洲画。

登爱景亭和孙文园韵

金风瑟瑟小亭西，竹杪松梢尽觉低。
海阔胸襟何物我？天高眼界别云泥。
堪嗟国学成刍狗，赖有斯人养木鸡。
内顾外观忧望切，登临一啸气如霓。

耸身高处气华清，志士从来薄近名。
蓄艾三年终必得，树人百岁自能成。
舒桐山水钟奇秀，桑梓菁英应有声。
南望惜阴劳想像，士行不起乱谁平[①]？

原注：

①陶侃惜阴亭，在吾乡枞阳镇。

闻园喜其三子祥真于南郊为筑槐溪草堂赋诗征和次韵更两叠韵赠之（选二）

颐养天年爱景光，南郊小筑杜陵堂。
啸歌自得乾坤大，诗卷长留字句香。

桐旧谁云成落照？槐溪却喜永流芳。
斯文似水盈科进，混混源泉注令郎。

重九同游玩月光，今朝诗到乐真堂。
怀君菊径三杯酒，傲我天风万仞香[①]。
潜岳峰峦皆挺秀，眉山乔梓各芬芳。
何当一杖敲门入，仿佛田间谒侍郎？

原注：

①君来书言游天柱。

本际法师

本际法师（1882—1968），字澄彻，俗姓龙，名灿，字健行，家麒麟镇。少时受学于李光炯、吴北江、潘季野。年廿五任教大梁，后任青岛路记室。抗战起，遁迹湛山寺，依止倓虚大师。入台湾后受具足戒于台南大仙寺，后兴建海印寺。著有《怀柏山房吟草》。

还山吟（有序）

丙辰春余，客长安。佐戎幕，适逐客变起，乡人多被害者，余与友五人逃而免。两年作客，一旦还山，骨肉相逢，天伦乐，其欢情有非寻常所可拟者，因作此以纪之云。

我自长安归，馀生出虎口。
行行抵家园，一一晤亲友。
相见为我庆，欢然各携手。
城居逾十日，命驾还山阜。
月夜走层峦，但听松风吼。
才涉小溪桥，隐隐闻吠狗。
修篁掩映间，灯火出窗牖。
山妻携小儿，迎阶伫已久。
儿生余楚游，见不知谁叟。

女儿长尺馀，呼爷色犹忸。
入门拜老父，衰白发堪数。
阿妹闻兄归，来问余安否？
甥女共甥男，或走或襁负。
予喜不可支，呼取新醅酒。
饮罢意酩酊，离离天上斗。

敬次瓶庐居士题秘魔崖原韵

古贤今不见，浩气独长流。
日月双荧火，乾坤一芥舟。
无生常极乐，有相总多愁。
悟彻衰荣理，霜林岁岁秋。

月夜喜得叔雅诗文赋报云南大学

万里滇南雁，飞来片羽书。
云烟开纸满，风月入窗虚。
世乱怜同老，天荒忆旧庐。
何当亲欬唾，执手话乘除？

叠韵谢方榘丈见和山居即事

山林小隐远纷哗，遁世市人意更赊。

何幸清音闻白雪，将觇晚节验黄华。
登峰何日随芳躅？味世于今解苦瓜。
痌念民胞江上叟，权舆诗诵发吁嗟。

宿白鹿洞早起观五老峰

彻夜溪声警梦回，四山灵气挟朝来。
一宵胎骨疑仙换，五老须眉逐笑开。
思古空亭今独对①，溯源活水自潆洄。
孔颜乐处弥天地，记取青青洞口苔。

原注：

①洞前有一独对亭。

春日牧羊

牵羊野牧乐如何？一卷经书对碧萝。
蝴蝶不来花自舞，四山人唱踏青歌。

冬　闺

寒衣才寄复迟疑，衣到归期或改期。
翻悔不如衣不寄，免教刀尺笑侬痴。

乙卯春过灞桥

扬鞭西笑马蹄骄，杨柳春风过灞桥。
山色横青堤水碧，一天如画夕阳遥。

田燮吾

田燮吾（1887—1955），名宗方，字燮吾，晚号雪梧老人，以字行。横溪田氏，世居蔓萝墩（今枞阳县横埠镇）。少从陈澹然学，安庆法政专业毕业。曾任省府主任秘书，后因张学良电招至沈阳任机要秘书。历任松江、彰武县长。后在沈阳大学、安徽大学任教。

题金陵朱氏园

深柳青侵壁，苍苔绿到门。
池如明月影，花似美人魂。
笼鸟驯无语，堤烟淡有痕。
幽人饶逸兴，闲坐到黄昏。

民国三十年屯溪书怀

故乡消息近如何？北望烟云失旧窝[①]。
归梦那知江水隔，旅愁还比皖山多。
拨开瘴气须挥剑，愧杀书生未枕戈。
铁砚磨穿无裨补，一生半为笔蹉跎。

原注：

①时日冠占领汤沟。

渡海有序（四首选三）

得张少帅学良电召，到沈阳就职，为节约旅费，取道海行。

一出吴淞到海湾，风狂水立浪如山。
空中积气腾千丈，云里层峦望八蛮。
疑似乘槎霄汉上，那知寄迹太虚间。
冲行几日茫无畔，骤见青山喜破颜。

故里惯乘苇一航，嗒然此日见汪洋。
江流万派朝宗汇，雪浪千堆浴日狂。
梦里惊鸿飞绝塞，望中曙色动扶桑。
乡关回首知何处？万里云烟接混茫。

飚忽飓风浪拍天，群相惊愕各僵眠。
废餐累日忘饥渴，伤别孤怀似谪迁。
闻道蜃楼原是幻，何来徐福诳求仙？
寸心杂乱兼忧乐，快向疆场一着鞭。

朱光潜

朱光潜（1897—1986），字孟实，谱名来润，字润霖。会里朱氏，世居枞阳县麒麟镇岱鳌村。早年在桐城中学、武昌高等师范学校学习，肄业于香港大学文学院。1925 年出国留学，先后肄业于英国爱丁堡大学、伦敦大学，法国巴黎大学、斯塔斯堡大学，获文学硕士、博士学位。1933 年回国，先后在国立北京大学、国立四川大学、国立武汉大学任教。抗战胜利后，重返北京大学任西语系教授，并曾代理文学院院长。1962 年夏转入哲学系，讲授美学，任博士生导师。著有《文艺心理学》《悲剧心理学》《谈美》《诗论》《谈文学》《克罗齐哲学述评》《西方美学史》《美学批判论文集》《谈美书简》《美学拾穗集》等。

无　　题

大树被砍伐，生机并不息。
春来怒抽条，气象何蓬勃！

题涉江集诗

易安而后见斯人，骨秀神清自不群。
身经离乱多忧患，古今一例以诗鸣。

独爱长篇题早早，浅衷浅语见童心。
谁说旧瓶忌新酒，此论未公吾不凭。

原注：涉江集即《涉江诗》，沈祖棻著，福建人民出版社 1985 年 2 月出版。题早早，即《早早诗》，《涉江诗》集中一首，子苾夫人，即沈祖棻。千帆寄示子苾夫人诗词二卷，忙中急展读，不忍释手，因题寄千帆致敬。时年八十有二，已龙钟昏瞶。不计工拙，情不自禁也。

方东美

方东美（1899—1977），原名德怀，长名珣，字东美，以字行。桂林方氏，世居枞阳县义津镇双兴大李庄。早年留学美国威斯康新大学，研究黑格尔哲学。先后师事雷敦、汉密尔顿、杜威、奇威等。民国十三年学成回国，先后在武昌高等师范大学、东南大学、中央政治学院、中央大学任教。抗战期间，随中央大学入川，任哲学研究导师。1947 年去台，任职台湾大学哲学系。主要著作有《生生之德》《新儒家哲学十八讲》《中国哲学之通性与特点》《原始儒家思想之因袭及创造》《坚白精舍诗集》及《方东美演讲集》等。

书　　斋

独坐幽斋里，傲兀事吟啸。
虑眇花垂英，情深天发曜。
挥剑舞春风，开襟对朗照。
逐逐挂尘网，逊此参众妙。

自　　然

自然缫长丝，乙乙投金梭。

运转以不息，百世可奈何。
万籁苦争鸣，意绪如飞紽。
谁能理繁弦，谱之入长歌?
高下见节奏，抑扬音调和。
事散而为万，理一以贯多。
浩然流心声，韵美若鸣珂。

情　　词

生命久相亲，绸缪共甘苦。
今宵不忍别，明日还相与。
相与值佳期，莺声传妙绪。

东流江中望故乡

遥望龙眠岑，空明散清绮。
中有云栖士，翔云离故里。
故里今何如？缠绵问秋水。
秋水泛洪涛，无言意亦美。

含光老人用太白诗意写龙舒山水见赠赋此称谢

少小潜龙舒，性分适山水。

西挹天柱岚，东吸海霞髓。
眄南属江涛，迣北淮云委。
虚廓谷此神，天地齐一指。
大方原无隅，胡为滞窟理。
坐吟万籁和，宙合成一美。
羁束走尘埃，于今历三纪。
域外观所尚，所尚唯道始。
氾兮侔海若，宽阔无涯涘。
又如攒云峰，巉岩恣摩揣。
恍惚会精真，餍饫味厥旨。
中间遭陆沉，群鱼游釜底。
洪汤不止沸，交啮盈案簋。
再逢火山发，烈焰去天咫。
金刚不坏身，出入齐生死。
惟能出其外，熊熊叹观止。
僭越此山水，崄介媚游子。
万怪互交错，遝之绵途轨。
登涉忘忧愉，纵诞泯彼此。
大浸独不溺，土山焦不毁。
彭祖与殇鸠，方余百世俟。
畴昔出东川，摩天穿霞绮。
万山罗儿孙，岐嶷争秀峙。
提神于太虚，俯之真旖旎。

年前访神山，蓬壶任徙倚。
大海在其下，杯水粗相似。
浮浮余步虚，洪波徒激诡。
壮游历八纮，味如耽书史。
浩意兼奇情，丽词纷在纸。
忽忽今投荒，他年翁归耳。
凄戚怀故山，眇虚凭梦拟。
营梦臻奇境，幻美亦可喜。
云岑攒嘉树，嘉树荫芳芷。
危磴泻悬泉，飞淙散瑶蕊。
岩阿憩幽人，覃思相萦藟。
游心契玄玄，象物尽适已。
多谢诗画师，置余丘壑里。

儿女行（二十七年儿童节）

华生三月呼耶娘，每饭嬉嬉侍桌旁。
岁半著棋如酌觞，宾主纪理网在纲。
数茎鹤发额前荒，服牛乘马逼羲皇。
总角就傅人称卯，狂来好作弟兄王。
觉倪倪觉分短长，亦刚亦柔难称量。
刚者内柔爪若螃，刺人脂肤意转恇。
饮馔迫促贪如狼，宿慧专精在九章。

柔者中坚猊偟偟，昂首天外自引吭。
啸歌卿云为国光，歌罢斗狠胜腾骧。
弱女趋步尚倚床，学语学讴恣鼓簧。
娇痴玲珑秋海棠，一语忤心泪夺眶。
转瞬跳踉复故常，谑浪笑敖室生香。

读罢《长生殿》

我思美人天之涯，美人念我贻金钗。
两地相思魂飞苦，白云横空不得睹。
俯仰隔星河，荡荡扬秋波。
星河虚远莹如镜，照我情愁千万阵。

雨夜思京

蜡泪煎愁急，虫吟织梦深。
廉纤巴峡雨，寂历蜀江心。
南国三年别，东胡一战擒。
夜寒龙剑吼，肠断蒋山岑。

中秋羁愁对月

悠悠太古月，照此百忧人。
碧落同流影，鸿蒙共宅神。

河山惊破碎，天地剧悲辛。
赖有花如锦，浮香掠梦身。

秋　夜

有月诗频圣，无心梦亦贤。
蛩寒添物理，萤远乱江天。
忧世观风后，穷神作易前。
蓐收吾语汝，肃杀莫徒然。

乙酉书事

西陨日影落惊湍，莽莽乾坤思万端。
伏鬼真成翻掌易，兴邦讳说上天难。
长筹独断凭柔武，短梦无疑转智丸。
鸡塞从今不生事，狼烟自熄作轻安。

春　思

花事阑珊春已归，万般姿媚入幽微。
留芳与我腾空想，寄兴怡人有化机。
寂历苑庭盈蝶梦，巍峨岩石凝朝晖。
古今生意如流转，夏至冬来愿不违。

春　思

瑶草伤心碧，灵台苦梦积。
闲摘海棠花，慰君风雨夕。

鸠江夜航

一棹东去凌飞雪，孤鸿啼带江声咽。
清波滟滟月光寒，映照人天两奇绝。

无　梦

十载逃秦成幻事，三年存鲁失良图。
乾坤满目惟屠杀，占梦华胥梦也无。

雷　雨

诗含神雾迷情韵，文缀丹心郁梦思。
震电一声秋到也，满天罗幻出新辞。

步月归来

索得玄珠养道愉，风霜短褐入藏壶。
青冥寥泬回心处，一性澄莹泯万殊。

许永璋

许永璋（1915—2005），黄华许方氏，世居黄华里（今枞阳县官埠桥镇），后移居南京。任南京大学中文系教授，著有《抗战新咏》《一炉诗钞》《许永璋唐诗论文选》等。

去无家

去无家，思故乡。寇盗汹汹势正狂。
转徙前途亦渺茫，白云东乡任风翔。
子规声声愁断肠，间关险阻迹苍黄。
水有噬人之魍魉，陆有张爪之虎狼。
天乎地乎何时了？幻耶真耶徒自伤。
去无家，永相望。

题杜子美画像

白发青衫硬骨头，万钧诗笔压千秋。
可曾沥尽丹心血，彩翩依稀十二楼。

附录一 客籍

刘彻

刘彻（公元前156年—公元前87年），西汉第七位皇帝。《史记·孝武本纪》载："元封五年冬，汉武帝登礼潜之天柱山，号曰南岳。浮江，自浔阳出枞阳，过彭蠡，祀其名山川。"《汉书·武帝纪》载："（元封）五年冬，行南巡狩，至于盛唐，望祀虞舜于九嶷。登潜天柱山，自浔阳浮江，亲射蛟江中，获之。舳舻千里，薄枞阳而出，作《盛唐枞阳之歌》。"《明一统志》载："射蛟台在枞阳镇，汉武帝亲射蛟即在此处。"现遗址尚存，为枞阳县重点文物保护单位。

盛唐枞阳之歌（《郊祀歌·赤蛟》）

赤蛟绥，黄华盖，露夜零，昼晻湁。
百君礼，六龙位，勺椒浆，灵已醉。
灵既享，锡吉祥，芒芒极，降嘉觞。
灵殷殷，烂扬光，延寿命，永未央。
杳冥冥，塞六合，泽汪涉，辑万国。
灵禗禗，象舆轙，票然逝，旗逶蛇。
礼乐成，灵将归，讬玄德，长无衰。

注：清人孙楷第《沧洲后集》谓"《盛唐枞阳之歌》即《郊祀歌》之《赤蛟》，《枞阳县志》附录有俞德荣、汪祚民两人考证文章。"

李 白

李白（701—762），字太白，号青莲居士，祖籍陇西成纪。唐代著名诗人，诗风雄奇飘逸。唐玄宗天宝初年，任供奉翰林，忤权贵，被放出京。后入永王幕，获罪，流放夜郎，中遇赦归。晚游东南山水，卒于当涂。

永王东巡歌

祖龙浮海不成桥，汉武寻阳空射蛟。
我王楼船轻秦汉，却是天皇欲渡辽。

孟 郊

孟郊（751—815），字东野，湖州武康人。唐代著名诗人，少时隐居嵩山，年近五十始中进士，曾任溧阳县尉。后荐任河南，晚年多在洛阳度过。孟郊出身清寒，为人耿介，诗多写世态炎凉，民间苦难，与贾岛齐名，人称“郊寒岛瘦”。

金 谷 岩

鬼斧何年开石室，人行此地作金声。
山中信是神仙宅，不羡繁华浪得名。

注：金谷岩在浮山，诗载《浮山志》。

陈献章

陈献章（1428—1500），字公浦，号白沙，广东兴会人。世居白沙里，学者称白沙先生。明代理学家，著有《白沙集》。

题王判府相桐乡深处

十里溪流十里花，民居多在水之涯。
山中更有何人住，天下原无此地佳。
僻静园林开栋宇，宽闲田地种桑麻。
东风二月催行客，三十六岩停小车。

注：录自《浮山志》。

王守仁

王守仁（1472—1529），字伯安，绍兴余姚人。曾筑室会稽山阳明洞，自号阳明子。弘治进士，历任刑部主事、贵州龙场驿丞、庐陵知县、右佥都御史、南赣巡抚、两广总督等职，晚年官至南京兵部尚书、都察院左都御史。因平定宸濠之乱军功而被封为新建伯，隆庆年间追赠新建侯，谥文成。门人辑其作成《王文成公全书》。

寄题浮山（二首）

见说浮山麓，深林绕石溪。
何时拂衣去，三十六岩栖。

见说浮山胜，心与浮山期。
三十六岩内，为选一岩奇。

注：此诗刻于浮山朝阳洞石壁，行书。现尚存。《浮山志》辑录。

黄道周

黄道周（1585—1646），字幼玄，号石斋，福建漳浦人。天启二年进士，历官翰林院修撰、詹事府少詹事。南明隆武时，任吏部兼兵部尚书、武英殿大学士。后抗清失败，被俘殉国，谥忠烈。

辞浮山（四首）

浮山亦巧心，移岛入湖水。
能使十三洲，一一生盆底。

大兄字齐云，小兄字雁宕。
看尔心孔多，似欲出其上。

爱尔真稀奇，珊瑚锁子骨。
穿藕出花须，坠云弄明月。

世界多沧桑，只在眉际内。
寄得相鹤经，不贻滕蛇蜕。

注：录自《浮山志》。

张煌言

张煌言（1620—1664），字玄著，号苍水，浙江鄞县人。南明时官至兵部尚书。有《张苍水集》行世，内收《冰槎集》《奇零草》《北征录》等。

枞阳谣（二首）

八尺风帆百丈牵，枞阳湖里去如烟。
江南米价秋来涨，喜煞桐漕卖稻船。

沿湖下网荡湖船，网内纤鳞锦样鲜。
灯火湖边儿女笑，鱼秧种得不须田。

黄景仁

黄景仁（1749—1783），字汉镛，一字仲则，号鹿非子，江苏武进人。清代著名诗人，诗学李白。生平怀才不遇，所作多感怀伤逝、愤世嫉俗，著有《两当轩全集》。

枞　　阳

枞阳歌尽水连天，汉武旌旗在眼前。
草木似闻呼万岁，鱼龙何处徙重渊。
舳舻千里江云散，金碧三泉隧道迁。
只有射蛟台畔立，雄风犹为想当年。

注：录自《两当轩集》。

附录二 词

方以智

满江红·梧州冰舍

烂破乾坤，知消受、新诗不起。正热闹、黄金世界，红妆傀儡。兰蕙熏残罗绮骨，笙歌饯送沙场鬼。被一声、霹雳碎人间，春心死。

泪珠儿，从今止；眼珠儿，从今洗。见青山半卷，碧云千里。鸣涧响遮归鹤语，冷风剪破雕龙纸。几万重、楼阁一时开，团瓢里。

满　庭　芳

锦绣园林，芙蓉筵席，从来狼藉东风。玉楼香泪，可惜吊残红。千古章台坑里，活埋却、多少王公。黄昏后，苍天偌大，没处放英雄。

晓窗蝴蝶散，变成花片，出入虚空。问桑田沧海，半晌朦胧。打叠千篇万卷，五更尽、枕上疏钟。惊心处，半生冰冷，只在一声中。

千秋岁·匡庐凌云社作

匡君庐后，遂有名山姓。峰顶上，开三径。麻姑招五老，列槛窥明镜。君不见、庐山面目何曾定。

说法东林竟，飞瀑消钟磬。随一片、闲心听。香炉休篆字，雨洗苔痕净。云起处，浅深染却关仝病。

行香子·三叠峡

划碎虚空，堕落珠宫。漫夸张、鬼斧神工。半间茅屋，八面玲珑。有一条溪、千丈石、万株松。

急雨斜风，电卷雷轰。是谁来、掷杖成龙？千年古意，分付诗翁。在两崖间、三弄外、一声中。

青　杏　儿

遍地酒杯香，知多少、带累柴桑？剩得古来双袖在，锦袍白眼，青衫红泪，攒杀眉梁。

开口断人肠，只消这、一字难当。渔父千年无处着，半炉麸炭，一瓢泉水，吞却鄱阳。

浪淘沙·示陈涉江

风起恨青霄，堆砌无聊。乱红催语肯相饶。九十春光留不住，只在今朝。

旧泪洒横桥，那更吹箫？一声断处血难消。夜半子规啼不尽，只见花飘。

方中通

南乡子·江舟夜月

天浸入江流，都被玻璃镜里收。塞雁声声穿破去，添愁。影落西风送九秋。

短发任科头，洗却豪华事浪游。书卷琴囊横一剑，孤舟。芦荻萧萧不肯休。

满江红·有感

可惜苍天，真全没、些儿主意。尽着那、东西出入，晨昏寤寐。今古消归毡上曲，诗书断尽人间事。将一腔热血洗神州，凄惶泪。

舌锋儿，原难避；笔锋儿，原难离。只涛笺略展，心花如醉。除却半生无异死，算来此后何妨睡。倘一人高兴唤醒时，儿童戏。

何 采

何采（1626—1701），字敬舆，号醒斋，一号南涧。青山何氏，何如宠孙，世居枞阳青山，寄籍江宁。顺治六年进士，改庶吉士，授翰林院编修，升左春坊左赞善，官至侍读。早有才名，年未三十乞归，著有《南涧词》等。

鹊桥仙·七巧时苦久旱

每年乞巧，今年乞雨，望断穿针眼角。田头无黍陌无桑，梭和轭、一时齐阁。

萤辉乱点，蛛丝忙缀，闲杀填桥乌鹊。双星欲渡但蹇裳，趁此夕，银河水涸。

渔家傲·莫愁湖上作

高阁凭虚会一醉，顿成三十三年事。场圃纵横亭馆废。依稀记，斜阳落处清凉寺。

回首可怜歌舞地，烟鬟却比霜髭悴。唤道莫愁愁莫寄。花溅泪，空传南国佳人字。

山花子·题画梅花和稼轩韵

看去春愁强自排，前花合被后花催。记取一枝留画里、认真栽。

二十四番风不管，纵教画里也吹来。只画半开休画到、十分开。

贺新郎·雨夜追悼清和君

秋雨多情者。却从人、耳边心上，萧萧齐洒。一片吴山烟中树，攒簇眉峰难画。听入夜、银河欲泻。乱滴啼螀冲哀雁，似捣砧抛积凄凉话。愁欲卖、几多价。

布帆每向明湖挂。笑丁宁、南屏压酒，西陵系马。昔日戏言今朝泪，和雨一时同下。双袖湿，龙钟谁把？败壁幢幢残灯影，更疏棂谡谡酸风射。吾欲唤，奈何也。

方东美

十六字令

奇！人生妍妙竟如斯。世界海，须赖尔扶持。

调　笑　令

生命，生命，谲幻真如优孟。狂情热意当前，顷刻化入冥烟。烟冥，烟冥，杳渺空虚难诇。

望　江　南

仇未雪，京国两茫茫。独立高岑东向望，满天烽火敌披猖。孤恨绕千冈。

肠欲断，肠断不悲凉。记取家园零落尽，故当投笔护新邦。豪逸矫南强。

江神子·次韵追和辛稼轩

流云衔日送新晴。显神明。气纵横。山外轻雷，輷殷振金声。道路飞廉乘翳上，天在处，我能行。

人寰那屑坐愁城。对众生。启同情。誓捉黔嬴，驰骤奠和平。心影穹寥何限泪，争忍见，四维倾。

江 城 子

嘉陵烟水最无情。衍渟泓，碧盈盈。静照骚人，憔悴自空明。峡月岩花徒掠影，年少去，叹浮生。

云霄万古意能擎。赋东征，复神京。超海挟山，贾勇斩长鲸。提拔龙泉乘翳上，抽怨尽，说天行。

周维华

周维华（1927—2009），字性水，笔名涛声，鹞石周氏，世居枞阳县周潭镇。历任教师、科员、秘书等职。退休后为《枞阳诗词》杂志主编，著有《枫湖吟草》等。

满庭芳·旧地重游忆故人

门纳湖光，窗含山色，临轩一曲清溪。故园情景，垂老更依依。解组还乡偶住，黄花艳，把盏东篱。消炎夏，修篁蔽日，摇曳小楼西。

少年游乐地，常扶鸠杖，重觅鸿泥。叹形单影只，物是人非。忆昔同来旧侣，音容杳，痛彻心脾。言犹在，几多往事，回首泪沾衣。

谢少武

谢少武，水圩谢氏，世居枞阳县陈瑶湖镇水圩村。原在北京海军某部工作，现已退休。从赣上廖宇阳先生学词，著有《林泉吟草》《琼燕词》等。

摸鱼子·新到湛江端午前一日

渐熏风，倦花慵蝶，高蝉嘶得春尽。匡山浔水朦胧处，思绪又苍愁鬓。端午近，最怕是身孤酒恶无人问。茶凉砚润。纵屈子歌骚，江郎赋别，难写一腔恨。

纱窗外，紫燕双飞斗俊，呢喃声里心困。茫然奔走空皮骨，苦笑芝麻新印。华盖运，只回首渔樵村女都羞窘。无言自忖。便学得张翰，扁舟觅到，归计也休论。

西江月·徐闻客舍

楼外桃花无主，窗前明月多情。朦胧娇艳一枝横，客里愁心苏醒。

材不材间飘荡，家无家处零丁。风尘白发剪还生，空自无聊酒病。

原注：庄子《山木篇》：弟子问于庄子曰："昨日山中之木以不材得终其天年，今主人雁以不材死，先生将何处？"庄子曰："将处乎材与不材之间。"

附录三 现当代诗选

方金鉴

方金鉴（1907—1990），字方明，别号瑶湖钓客。祖居枞阳县老洲湾，毕生从教。安徽省文史馆馆员。著有《湾溪诗钞》。

鹊江避乱书感

一声铁马夜呼号，魂梦惊醒万户逃。
匿迹难遮霜后草，披身尽湿雨中袍。
劫灰可许留残瓦？祸种都从演大刀。
北望乡关归不得，踟躇江上首频搔。

幸得知机数日前，秋风早泛渡江船。
望门张俭惟投友，避世陶潜欲学仙。
两地难忘家室累，半生惯结苦辛缘。
铜官若有山灵在，应笑儒生遇乱年。

七年沦陷望旌旗，望到旌旗转乱离。
民似僵棋难了局，事如痼疾孰能医？
君山有泪皆忧国，子美无诗不感时。
强敌未除焦土遍，如何鹬蚌苦相持？

张五鹏

张五鹏（1911—2002），枞阳县会宫镇人。拔茅张氏，名儒张皖光子，安徽大学毕业，毕生从教。安徽省文史馆馆员。

步行杂咏三首

云影依稀来故里，百年老屋积浮尘。
伤心诗老吟哦地，不见凌寒署乐真[①]。

咫尺萧祠望里明，斜阳草树掩孤茔。
牛羊践履谁存问，曾是文章动远瀛[②]。

赵北山前唐老宅，双槐松竹已成墟。
可堪五十年前事，病榻支离力赠书[③]。

原注：

①先人书室乐真堂，系方槃君先生书额。

②萧敬孚先生墓在萧氏宗祠西，墓碑“文化大革命”时被毁。前年余与里中诸君为之重立，先生随王先谦赴日本，应日人请赋红叶馆，诗名震东京。

③唐雨梅先生堂名双槐。昔年先生病，予往问疾，先生以诗文稿见付。

张心培

张心培（1912—1987），字晓岚，连城张氏，枞阳县官埠桥镇人。早年课徒，1949年后长期务农。著有《北山吟草》。

春　燕

去年曾别画堂归，今日重来是耶非？
争筑新巢情款款，爱寻旧主语依依。
穿花掠水随风舞，结草衔泥带雨飞。
顾盼绕梁如有意，呢喃犹似念乌衣。

春日思诸同学

韶光荏苒又经春，镇日肠回忆故人。
昼少良俦花是伴，夜无好客月为邻。
鸿飞塞北音书断，燕语江南意气真。
同学而今天各一，敲诗谁为指迷津。

张 鹤

张鹤（1917—2005），字白翎，枞阳县汤沟镇人。曾任台湾中国文艺界联谊会副秘书长、中华诗学研究所研究员、春人诗社副社长等。著有《白翎诗草》等。

九日登高怀大陆

九日独登台，风霜两鬓摧。
秋光偏易老，客抱却难开。
遣兴诗千卷，浇愁酒百杯。
遥怜故山里，松菊待吾回。

感 怀

三十功名苦未成，一回搔首一回惊。
学书学剑终何用，忧国忧家自不平。
投笔难偿班子愿，写诗聊寄杜公情。
感时只作逃禅想，又恐逃禅误此生。

忆江南

柳丝拂水水拖蓝，燕剪裁春春意酣。
一棹载诗还载酒，杏花春雨醉江南。

涛哥帆弟见面相拥而泣

卌年湖海逐风尘，乍见犹疑梦里身。
历劫江山嗟共老，白头人拥白头人。

抵家门村人燃爆欢迎

岁岁征车回首惊，归来顿觉一身轻。
而今依旧青衫薄，愧对门前爆竹声。

周 艺

周艺，1920 年生，鹞石周氏，枞阳县周潭镇人。毕业于中央大学中国语言文学系，副研究员。历任上海五一中学、格致中学、上海教育学院教师。为《汉语大词典》主要撰稿人及《汉语方言大词典》编审。校点古籍及参与编写各类词典多种。

新安道上口占

深山谷里簇人家，翠竹苍松绕屋斜。
鸡犬不闻门半掩，墙头露出两三花。

效白石体呈吴秾编审兼送返湘漫游[1]（选三）

文名久仰会无端，邂逅漕溪得识韩。
记得小楼同把盏，高言大句到更阑。

人情怀土孰能删？垂老弥思八皖山。
我亦有家归不得，白云西望泪长潸。

胜水名山任漫游，潇湘风物眼全收。
归来濡染如椽笔，写就三都播九州。

原注：

①此诗作于1988年6月。今年五月中旬得吴秾先生噩耗，殊为悲痛。录此作发表，以资纪念。吴秾，湖南人，现代作家、诗人，上海美术出版社编审。著有诗集、小说集等。

周维华

归来赋四首

十年经动乱，双鬓渐成皤。
老去交游少，归来自在多。
劳形无案牍，遣兴有诗歌。
淡泊聊明志，天机养太和。

独钓枫湖畔，悠然世外身。
一竿持在手，万事不关心。
鸥鹭时相伴，渔樵日近亲。
兴来邀旧友，沽酒煮鲜鳞。

市远尘嚣隔，幽居曲径通。
菜花黄绕宅，麦浪碧连空。
鱼戏青萍下，莺歌绿树中。
耕山兼钓水，其乐亦无穷。

桂香飘满院，云淡月中天。

竹影摇花径，虫声杂玉弦。
景开新国运，身老故园田。
四化心头系，闲居夜不眠。

何伟成

何伟成（1928—2007），青山何氏，枞阳县㞦山镇人。毕生从教，著有《蜗痕》，编著有《枞阳风雅》等。

自题诗稿

醉时题作醒时看，敢冀高人为借颜。
炫玉无如生性拙，韬光有似隐形难。
秋霜渐入鸳鸯镜，春水曾经滟滪滩。
匹马西风莫惆怅，夕阳画展满河山。

章叔正

章叔正（1928—2015），合明章氏，枞阳县横埠镇后方人。安徽大学生物系副主任。著有《长歌集》。

夏日乡居

山村炎夏若清秋，竹树凉侵薜荔楼。
晓雾凭音知信鸟，晚风传笛识归牛。
禾消旱象宜吟雨，湖泛晴光合棹舟。
时共渔樵邀月饮，乡情人意两悠悠。

题子勤、叔正合照

离情万缕说还休，乘兴重温总角游。
绕过群芳邀石照，陪他亘古不低头。

注：堂弟章子勤，1948 年随国民党南撤台湾，别四十七年矣。壬申四月，弟偕夫人陈丽香来访，合影于安徽大学南园巨石之侧。

吴社教

吴社教，1964 年生，高甸吴氏，枞阳县麒麟镇人。现任枞阳中学英语教师。

霾（用东坡韵）

春寒欲雪终未雪，翻见雾霾黯新叶。
四围成瓮同一烹，鱼龙鸟鼠同愁绝。
女萝山鬼不可招，失路杨朱恸而折。
罴虎蹲衢欲吞人，海上鲛珠终浪说。
卅年几见海成桑，人间反复如电掣。
谁能坚白独支持，未得眼中翳金屑？
曾经绮梦不愿醒，还留梦痕惊一瞥。
眼前世界等微埃，无复空花幻明灭。
安得春雨洗尘腥，桃李春风散林缬。
要廓天清斩恶龙，还仗昆吾一片铁。

探　春

探春先向柳边来，却讶垂条眼半开。

幂幂晴烟迷远树，蓬蓬油菜挺新苔。
鱼龙试暖苍江动，桃李冲寒淑气催。
万国生机眠欲醒，神州只欠一声雷。

秋兴八首用杜韵（选四）

满城歌舞噪如林，兵气涵山夜转森。
万国沉沦伤白露，一阳未剥压群阴。
滔滔人事翻新说，落落江湖尽本心。
沙鸟欲眠风不稳，频惊猛浪拍衣砧。

城上高云敛夕晖，山连天末渐稀微。
畈间烟霭初弥漫，村外林鸦忽乱飞。
秋水文章安得会，鹓雏心事总相违。
江湖惯笑垂纶客，却叹霜清蟹正肥。

怅望江流转处山，沉沉兵气水云间。
东夷倭国争鱼岛，南海番旗炫汉关。
塞上长城悲帝业，水晶棺椁吊龙颜。
伟人敢动雷霆怒，文武衣冠孰是班。

注：南海，美军舰炫武南海事。

江城水泊碧逶迤，有美遥遥在彼陂。
雪影依稀衔雁尾，秋心寥落抱梅枝。

但怜归鹤今何语，谁负藏山夜以移。
世事迷茫问周易，六爻推演一灯垂。

读歌德《流浪者之夜歌》

三十六峰高寂寂，林梢不见风消息。
晚禽无语各巢枝，明月天心收履迹。

傍晚携妻山村漫步偶入一处李园

爱花人共入山寻，路转花迷是李林。
要补去年冬未雪，春来故放一园深。

徐旷子

徐旷子，本名徐俊军，1977 年生，小岭徐氏，枞阳县白湖乡人。安徽大学文学学士、公共管理硕士，现供职于安徽省人民政府政策研究室。著有《有余轩诗词集》。

我有一盆花

我有一盆花，摇曳西窗外。
经冬还复春，雨淋更日晒。
岂无灼灼姿，况有雍雍态。
幽质堪比兰，清香吾所爱。
几度晨与昏，相视唯一睐。
闲来摹其影，偶亦为之溉。
一夕风雨狂，楼高失所在。
嗟之不可挽，惆怅终无奈。
雪已落九遭，春又黄油菜。
但愿此花种，随风满世界。

坐天柱山青龙涧索道

日前因事过潜山，本拟一登天柱极顶，俯视大地流年，终因途中淹留阻滞，徒来去索道，匆匆而返，所幸得佳人同行，有烟云来过，尚存几分诗意也。

人生何事总匆匆，八载重来不可逢。
飞瀑断流唯白石，杜鹃无语伴苍松。
浮沉冷暖身同感，来去烟云谁与从。
一索空悬天柱路，某年某月过青龙。

宿府用少陵同题诗韵

自入省府幕中，忽忽有年矣。终年晨昏无定，每每更深，勉强宿于公所，最难将息。如此秋夜，思及少陵《宿府》诗，不觉有深叹焉。其诗云："清秋幕府井梧寒，独宿江城蜡炬残。永夜角声悲自语，中天月色好谁看。风尘荏苒音书绝，关塞萧条行路难。已忍伶俜十年事，强移栖息一枝安。"盖少陵时在严武幕中，因居城外浣花溪，多有奔波，时常宿府。其中感时忧国、悲己伤怀之况味，千载以下，一何似也。

梧桐叶落正秋寒，幕里将栖已漏残。
几许春光随意杳，十分月色隔帘看。
沙洲寂寞思鸿冷，尘世喧嚣逐梦难。
回首从来流水事，行藏俱是为心安。

听歌杂咏二首

（一）

也许同观细水流，几回梦里过沙丘。

风中一切成荒远，孤独有时是自由。

（二）

一曲清歌已渺茫，当时亦有泼茶香。
风中何处问如果，不变年年是月光。

跋

贴近大地的呼吸

钱叶全

8年前，我在主编《枞阳历史文化名人》时，在书的附页策划了60个文化项目。当时有人以为空穴来风或异想天开。这些项目有什么意义？能够实现吗？实际上，作为文联主编这本书确实不具备文化项目的策划职能，但我还是坚持把这“异想天开”的60个文化项目附录了上去。我知道，一本书要走很远的路，枞阳文化精神的表达绝不能停留在一本书上，而更重要的是在政府肩上，在枞阳民众的唤醒上，在枞阳山水大地的空间表达上。

空间表达是一个陌生的词汇。相对于文学的表达，空间表达是一种城市语言。进绍兴城，有一句口号——沿着课本游绍兴，鲁迅先生在课本中的文章是文学的表达，而我们能够走进去的鲁迅故居就是绍兴城市的空间表达。从文学表达到空间表达，有本质的跨越，文学表达是历史传承，空间表达则是创新传承。我们从读进去的历史与走进去的历史得到的信息是不一样的。随着枞阳的对外开放，枞阳对外的精神表达不能仅仅停留在一套丛书上，而要关注人的脚步。人们来枞阳感受什么样的文化？是“静态”的历史文化还是“动态”的历史文化？是面向过去的文化还是面向未来的文化？其实很简单，人们在枞阳作短暂的停留，不是进入枞阳厚重的历史隧道，而是自身生命的体验。在枞阳优美的山水中，生命有一次感动，文化有一次碰撞，信息有一次交流，足够。所以编一套丛书，不要期望人家在枞阳轻快的脚步中背上厚重历史文化的包袱，枞阳呈现给客人的应该永远是大美山水、和谐乡村、淳美乡风和在山水之间的微笑。这才是枞阳，才是枞阳的原生态。但枞阳又是一个历史文化厚重的城市，有着鲜明的地域文化精神，在枞阳的历史、现实和未来中，文化精神有着持续的生命力，隐寓于枞阳生生不息的文脉中。城市的空间表达就必须完成这种职能的转换，让枞阳山水充满着历史脉动，从而实现枞阳文化精神的对外传播。荣格认为，历史的积淀是一种集体潜意识，通过表达可以上升为集体精神，这种精神凝聚着地域文化的心理能量，不仅承接历史，更重要的是唤醒现实和照耀未来。

本套丛书梳理了枞阳文化的十个系统（当然不止这些），历史文化居多，如《枞阳历史名人传略》《方以智传》《钱澄之传》《枞阳文选》《枞阳诗选》等。选编这些历史文化入丛书，主要考虑枞阳历史走向的一个纵向坐标，在这个坐标轴上，“人杰地灵”，以枞阳历史名人为特色，枞阳大地自古以来创造了极具地域文化个性的灿烂文化。如：方以智，代表了明清中国科学文化的高峰；钱澄之，代表了以诗记史中国明清诗歌的高峰；方苞、刘大櫆、姚鼐，代表了“桐城派”文化的高峰；吴汝纶，代表了中国近代教育转型改革实践的高峰；朱光潜，代表了中国美学开创者的高峰等。诞生在枞阳大地上的这些历史人物，他们的文化成就远远超越了地域文化局限，而成为中国和世界的文化巨人。因此，我们选编这些历史人物，不是狭隘的地域文化观，而是丰富和发展中华文明、中国文化，在时代的坐标点上，诠释“诗人之窟、文章之府、气节之乡”与长江文明的关系，与中国文化的关系。在空间表达上，长江是中华文明的摇篮，枞阳文明与长江文明一脉相承，枞阳浩如烟海的人杰与长江之滨的这块土地存在文化上的源流关系。枞阳是中国文化的重要发源地和创新地。“勉成国器”，吴汝纶伟大的教育思想揭示了枞阳人的文化胸怀。

空间表达的另一层含义就是“地灵”。姚鼐曾语：“独浮屠之俊雄，自梁陈以来，不出二三百里，肩背交而声相应和也，其徒遍天下，奉之为宗。”浮屠，即枞阳浮山，即以浮山为文化圈的枞阳长江流域。现在的地域概念是，县域面积1808.1平方千米，吴头楚尾，长江流经县域84千米，境内四大湖泊水系，均与长江相通。汉武帝在枞阳射蛟置枞阳县，2100年文明史，江水东流，枞阳文化生生不息。而浮山就是一座典型的文化山，位白荡湖之滨，与江水相通，历代名人高僧纷至沓来，留下大量摩崖石刻，出现“浮屠之俊雄”，使枞阳文化自唐以来交流日盛推动“人杰”汹涌。而“地灵”的另一个方面就是枞阳特有的地域环境和地域习俗，经过多年历史积淀，形成枞阳特有的文化基因，进入枞阳人血脉，如《枞阳非遗》《枞阳民俗》等，在“耕读传家”的文化背景下，枞阳人为什么重气节，枞阳人为什么重血性，枞阳人为什么重读书，在枞阳的地理环境包括饮食习惯、语言结构、风土人情中都会找到答案。尽管整理不全面，但揭示了“人杰地灵”的人文地理关系。这是枞阳人真正的家园，也是枞阳人深刻的乡愁。我们眷念这片大地，是因为我们与母亲的呼吸贴得太近。

“枞阳文化丛书”得到顺利编纂，作为主编，我诚挚感谢钱王刚、王乐群、陈靖等十位分册主编的赤子情怀和心血奉献，感谢县委、县政府在枞阳发展的重要节点上高瞻远瞩的文化视野和丛书组委会的决策落实。应该说，这是枞阳的盛事，是枞阳人乡愁的表达，是枞阳文化人的骄傲和自豪。

但我们深知，创新是文化的生命。“丛书”提供的资源能不能上升为枞阳文化精神，转化为枞阳城市的空间语言，任重而道远。旗山公园汉武阁竣工时，《枞阳杂志》发了一篇评论《望长江》，写下这样一段话：“枞阳发展的历史和未来都告诉我们，枞阳发展的成就来源于放眼世界的包容和开放；枞阳发展的未来也一定是世界的枞阳和枞阳的世界。”汉武阁正是这样一双为枞阳人打开全球化视野的眼睛。文化不仅是继承，更重要的在于创新。

2016 年春，江风浩荡。我的身后是枞阳乡村的阡陌和炊烟。大地温暖，母亲仍在劳作。

（作者系县文联主席、“枞阳文化丛书”主编）

图书在版编目(CIP)数据

枞阳诗选/陈靖主编．—合肥：合肥工业大学出版社，2017.2
ISBN 978-7-5650-3260-8

Ⅰ.①枞…　Ⅱ.①陈…　Ⅲ.①诗集—中国　Ⅳ.①I22

中国版本图书馆CIP数据核字(2017)第025061号

枞阳诗选

陈　靖　主编　　　　责任编辑　疏利民

出　版	合肥工业大学出版社	**版　次**	2017年2月第1版
地　址	合肥市屯溪路193号	**印　次**	2017年2月第1次印刷
邮　编	230009	**开　本**	710毫米×1010毫米　1/16
电　话	总　编　室：0551-62903038	**印　张**	16.25
	市场营销部：0551-62903198	**字　数**	194千字
网　址	www.hfutpress.com.cn	**印　刷**	安徽昶颉包装印务有限责任公司
E-mail	hfutpress@163.com	**发　行**	全国新华书店

ISBN 978-7-5650-3260-8　　　　**定价：** 38.00元

如果有影响阅读的印装质量问题，请与出版社市场营销部联系调换。